FÉLICIEN CHAMPSAUR

 DE

FÊTE

LES MAITRES [17] DU ROMAN

La Nouvelle **Revue Critique**

PARIS

15 e MILLE

NUIT DE FÊTE

QUELQUES ROMANS

DE

FÉLICIEN CHAMPSAUR

CHEZ FASQUELLE, BIBLIOTHÈQUE CHARPENTIER :

La Faute des Roses, 39ᵉ *mille*.

L'Orgie Latine (*Messaline*), illustrations en couleurs d'Auguste Leroux, 120ᵉ *mille*.

Sa Fleur, étude de jeune fille moderne, 55ᵉ mille.

Régina Sandri, mœurs de théâtre, 16ᵉ mille.

Lulu, roman clownesque, 22ᵉ mille.

Le Semeur d'amour, 35ᵉ mille, roman hindou, illustré par Lorenzi.

Poupée Japonaise (*Sameyama*) 303 illustrations en couleurs par Hanafusa Itcho et Haru Kawa, 44ᵉ mille.

La Caravane en Folie, 66ᵉ mille, dessins de Lorenzi.

Le Mal de Paris, 22ᵉ mille.

Ouha, roi des singes, 90ᵉ mille.

L'Empereur des Pauvres, épopée sociale en six volumes:

I. — *Le Pauvre*. — II. *Les Millions*. — III *Les Flambeaux*. — IV *Les Crassiers*. — V *L'Orage*. — VI. *Floréal*.

A LA RENAISSANCE DU LIVRE :

L'Arriviste, trilogie : *Marquisette, Claude Barsac, Renée April*. Edition définitive en trois volumes illustrés en couleurs, *la seule valable corrigée et approuvée par l'auteur*..............   30 fr.

CHEZ FERENCZI ET FILS :

Pas s'en faire (*L'Hurluberlu*), 30° mille.   7 fr. 50

Homo-Deus (*Le Satyre invisible*) 60° mille. ....   7 fr. 50

L'Ingénue audacieuse, roman complet.   5 fr.

Le Bandeau d'Eros, un livre magnifique et gai, 200 dessins, 157° mille......   10 fr.

Tuer les vieux! Jouir! roman narquois, mœurs du temps 30° mille.........   7 fr. 95

Dinah Samuel (actrice célèbre) 44° mille   5 fr. »

Le Baiser du Soleil, 30° mille.........   9 fr. »

POUR PARAITRE EN 1926 : trois inédits (*Ferenczi*) :

> *Le Chemin du Désir.*
> *Les Noces du Rêve.*
> *Les Ordures ménagères.*

FÉLICIEN CHAMPSAUR

NUIT DE FÊTE

LES MAITRES │17│ DU ROMAN

La Nouvelle │17│ Revue Critique

PARIS

PREAMBULE

CE CONTE, *Nuit de Fête*, EST,
— SI J'AI EU LA CHANCE DE RÉUS-
SIR CE CAPRICE — LA VIVANTE
FRESQUE D'UNE NUIT DE CARNA-
VAL, UN DÉFILÉ D'IMAGES, D'ES-
CARMOUCHES ET DE BATAILLES
GALANTES, UN FILM LYRIQUE —
A COUPS DE MOTS CHOISIS.

Nuit de Fête, AMIS INCONNUS,
C'EST, J'ESPÈRE, UNE GENTILLE
ET DROLATIQUE SÉRIE D'EAUX·
FORTES, POINTES SÈCHES, DE CRO-
QUIS POLYCHROMÉS, EN MARGE

DU SUJET PRINCIPAL, UNE VALSE
ÉCRITE AVEC TANT DE COULEURS
QU'ELLE SEMBLE PEINTE, LA SAU-
TERIE DU JOUR, TRAINANTE,
ÉNERVÉE ÉROTIQUEMENT, CUISSE
A CUISSE, APPUYÉE OU FRÔLEUSE,
INTIME, AUDACIEUSE, LA TOILE
AMUSANTE AU FUR ET A MESURE
DÉROULÉE, DE RÉALITÉS ET D'OR-
GIES QU'UN POÈTE A, PARFOIS,
VELOUTÉES, CAPRICIEUSEMENT,
DE BRUME ET DE RÊVE, UNE BELLE
SUITE D'ANNOTATIONS ET D'IDÉES
LÉGÈRES, A LA MARQUE DU
VINGTIÈME SIÈCLE — ET DONT
LA FARANDOLE, PARTIE DE PARIS
EN ASCENSION FUNAMBULESQUE,
AYANT LAISSÉ LA CHAPE DE
PLOMB DE PENSÉES PHILOSO-
PHIQUES, SOLENNELLES ET PRÉ-
TENTIEUSES, — VA S'ÉGAILLER
JUSQUE PARMI LES ÉTOILES.

On ne rencontre, dans cette bacchanale parisienne, où s'exaspère et zigzague le vice de *vivre*, dans ce joyeux conte truffé comme le Périgord et comme Paris, rabelaisien et diderotesque, qui souhaite amuser en faisant réfléchir, a travers lequel j'ai voulu que souflat un vent d'outre-tombe jetant au visage les

CENDRES DU PLAISIR, NI LES
FÉES BONNES OU MAUVAISES, NI
LES SYLPHES AÉRIENS.

MAIS, A LA FIN DE LA NUIT
FOLLE, APPARAISSENT, AU-DESSUS
DE L'OPÉRA ET DE L'APOLLON
D'OR, AU-DESSUS DE SA LYRE,
DES AÉROPLANES QUI EMMÈNENT
DANS L'AURORE, — VERS LE SOLEIL
PAR DESSUS LA FORÊT DES MAI-
SONS DE PARIS, DES COUPLES
AMOUREUX.

PEUT-ON ENTENDRE, AU COURS
DE CE ROMAN ÉPERDU DE PIER-
ROT ET SA CONSCIENCE, PIER-
ROT BLANC ET PIERROT NOIR,
DES DEUX AMES QUE CHACUN DE
NOUS PORTE EN LUI, PEUT-ON
ENTENDRE, AU COURS DE CETTE
LÉGENDE FANTASTIQUE ET MO-
DERNE, DE CETTE AVENTURETTE
CHIMÉRIQUE, INFINIMENT VRAIE,
SYNTHÈSE DE MILLE PETITES
OBSERVATIONS JUSTES, — A TRA-
VERS SES MUSIQUES LANGOU-
REUSES, SES FRIPONNERIES SA-
VANTES, AU BRUIT ASSOURDI DE
BOUTEILLES DE CHAMPAGNE PAR
MILLIERS, SES MIAOU EN PETITES
MORBIDESSES ET SECOUSSES DES
REINS EXCITÉS, SES LIBERTINAGES,
SES CALINERIES, SES CYNISMES, SA
POÉSIE QUI VOLTE, SES DANSES,
UN TANGO ARGENTIN QUI GLISSE,

FRÔLE, AGUICHE, LE JAZZ-BAND
CRIARD ET DISCORDANT QUI
RÉVEILLE LES NERFS DES MORTS,
A TRAVERS SON TOHU-BOHU DE
CLARTÉS ET D'OMBRES, SES
ÉCLATS DE FÊTE DANS LA NUIT
OU DANS LA TOMBE, A TRAVERS
SA JOIE EFFRÉNÉE, SANS AMOUR
VÉRITABLE, SA TRISTESSE ET SA
GAITÉ, SES HUMAINS EN CHAIR
ET EN NOCE, SES ÉLÉGANCES, SES
FROUFROUS, SON ALLÉGRESSE,
SES COCASSERIES, SES RIRES, SES
SOURIRES, SES BAISERS, SA FINE
PRÉTENTAINE, — PEUT-ON EN-
TENDRE LE BATTEMENT D'UN
CŒUR BLESSÉ ?

FÉLICIEN CHAMPSAUR

PARIS, 1926.

PARABOLE

*Un jeune homme entra dans
un crâne,
        sous une voûte immense.*

*Sur les parois de ce crâne,
des fresques peintes par un artiste, — qui n'a jamais existé
ici-bas, — représentaient les
passions, l'Amour, l'Orgueil,
la Cupidité, l'Ambition, la Luxure, la Gourmandise, la Paresse, attirantes et souriantes,
la Jalousie, la Colère, l'Envie,
jaunes et farouches.*

2

*Au plafond, tassées confu-
sément : une infinité de larves,
— pensées vagues, instincts
refoulés, imperceptibles ger-
mes d'actions futures, fœtus
de peines et de joies, sensa-
tions, paroles, musiques peut-
être inexprimables, vérités re-
frenées, rejetées aux prisons
du cerveau, ferments initiaux,
microbes de vices et de crimes
(il ne faut pas être trop curieux de soi), poussière grise
de forces, hiers, cendre du pas-
sé, demains qui sont de l'espérance, médiocrités.*

*Tout cela, crépi supra-vi-
vant de matière originelle et
directrice, d'intelligence, de
mémoire, de puissance, som-
meillait à la voûte de ce cerveau, ou bien grouillait, mys-*

*tère, immobilité, remuement
d'âme, dans une obscure lumière intérieure. Pourtant, le
jour, mais qui ne parvenait pas
jusqu'à ces limbes, arrivait
d'en bas, par les yeux caves,
dont les deux fenêtres rondes
laissaient pénétrer un peu de
soleil et permettaient aux ha-
bitants de ce petit monde, un
crâne humain, de voir, au dehors, les passants, les arbres
et les trottoirs.*

*· Etaient entrés d'autres jeu-
nes gens pâles, en habit noir,
qui, les uns, s'étaient assis sur
des bancs de cervelle posés en
hémicycle ; les autres se promenaient à travers le crâne.
Une passion rongeuse, ou plusieurs, au fond de leur cœur,*

*ils causaient sans bruit et
riaient sans joie.*

*Bientôt, vint une almée, vê-
tue de deuil, serrée dans sa robe souple, comme une momie
égyptienne en ses bandelettes.
Elle regardait chacun et paraissait intime avec tous.*

*Le jeune homme étranger
veut savoir quelle est cette almée qui ressemble également
à sa maîtresse ; il demande à
un boursier circulant :*

*— Comment se nomme-t-
elle ?*

*— DOULEUR. Une femme
pas chic.*

I

MUSIQUES DE JOIE
SUR LE CIMETIERE
MONTMARTRE

Sur le coup de 23 heures,
pour la fête de la mi-carême,
— le 11 mars de l'année 1926,
Pierrot s'éveilla, dans son cercueil, en plein cimetière Montmartre, car il avait voulu être

enseveli dans un endroit pari-
sien, au bas de la colline inspi-
ratrice, entre les ailes du Moulin Rouge et celles du Moulin
de la Galette. Quel humus des
trépassés est plus vivant que
celui-là ?

Le Père-Lachaise, qui montre avec son four crématoire
la fumée humaine, est endormi
dans un faubourg pas chic.
Tout au plus, à de rares inter-
valles, les morts — il y en a de
fameux : Alfred de Musset
sous le saule demandé, en vers,
voisine avec Arsène Hous-
saye ; Félix Faure, tanneur
bellâtre parvenu Président de
la République Française, tom-
bé au champ d'amour, songe
aux coups de langue habiles
d'une favorite agenouillée

dans l'attitude d'une sup-
pliante; et Mlle Lantelme, la
maîtresse d'Edwards, qui fon-
da le journal, *Le Matin,* et la
copine de quelques autres.
...Mais où sont les poules
d'antan ? Et qui se souvient
encore de cette jolie comé-
diennette à célébrité mondiale, dont la chute de reins
suprême dans le Rhin, une
nuit d'orage, occupa, quinze
jours du torride été 1911,
les gazettes de tous les pays
de la terre ? Tout au plus,
(dis-je, reprenant la phrase,
comme fait un pêcheur à
l'épervier son filet un instant
déployé) tout au plus, les ha-
bitants de la nécropole du
Père - Lachaise entendaient,
autrefois, le couperet de la

guillotine, tranchant, sur la
Place de la Roquette, à côté,
le cou tondu de frais d'un as-
sassin : mais, on leur a ôté,
dorénavant, cette distraction,
qui amenait dans leurs para-
ges, de temps en temps, un
millier d'agités, de viveurs se
figurant vivre,

être tout Paris.

Le cimetière Montparnasse,
proche cependant de la rue de
la Gaîté, est également triste
à cause de son éloignement de
l'Opéra et du Casino de Paris. Les morts du cimetière
Montparnasse sont obligés de
prendre l'autobus pour venir
sur les grands boulevards. Les
morts, quand ils sortent, n'aiment pas les chemins de fer
souterrains, Métro ou Nord-

Sud : ils en ont assez d'être sous terre.

Quart à Clamart, cet enclos funèbre est au diable, — bon pour les exilés et les suppliciés, pour les restes de Mirabeau quand on les retira du Panthéon pour faire place au cadavre de Marat, et pour les débris informes des tables de dissection.

Pierrot n'avait pas voulu reposer non plus dans un cimetière de province. (On en aperçoit, pourtant, de si délicieux, au printemps, en été, en automne, quand on passe en automobile, dans les villages, de si paisibles autour d'une vieille église.) Pierrot s'était amusé jadis, et il avait mené la vie à électrique vitesse, si bien qu'à

trente ans, il l'avait usée. Mais
de son cercueil de plomb, à
Montmartre — dans le caveau
des Pierrots, ses aïeux, — il
percevait les bruits de fête,
des bouffées de musiques de
bal, refrains las de carnaval,
rythmes gris de valse, éclats
stridents de cuivre, tambours
loufoques et trombones exas-
pérés de jazz-band, atténués à
travers le crêpe de la nuit —
ou gémissements de violons —
et les rires mornes, fatigués
des viveurs.

A deux pas, pour ainsi dire,
sont les grands halls joyeux
de Montmartre ; à deux pas,
l'Opéra où Jean Dayel, le dernier maestrino de la joie, et
Olivier Métra ! — oh ! mon
vieux, ça date de quarante ans

et plus, *la Valse des Roses, La Vague,* — l'Opéra, où Olivier Métra, *du moins son spectre,* le Spectre de la Rose, ce soir de suprême bal masqué, dirigeait son orchestre.

Dans le cercueil, entre les planches mal jointes, — do, ré, mi, fa — mi, mi, do, do, — mi, mi, — mi, mi, — ainsi que des caresses entraient les blanches, les noires, les rondes, les triples et les quadruples croches, paillons sonores apportés par le vent, flonflons mourants, échos berceurs des turlutaines, trilles fous en lambeaux, et la valse langoureuse:

Viens avec moi pour fêter le printemps,
Les lilas et les roses...

Les roses incertaines, les

lilas insaisissables, les violettes de rêve sentaient bon ; un
avril mystérieux, qui par dessus les collines s'avançait
avant l'heure, soufflait de très
tièdes et enivrantes brises ;
les faunes couraient, chantaient, cherchaient le baiser,
sifflaient, phalliques, et les
faunesses chuchotaient dans
l'ombre du bois au feuillage
vert tendre, dans les bois im-
précis tels que des songes.
Les vagues déferlaient doucement, avec une plainte quasi
sensuelle ; sur les plages, les
sirènes voilées dans la gaze
fluide de l'onde, dans les formes incessamment fuyantes
de l'eau, appelaient.

Des valses susurraient, —
mi, mi, do, do, mi, mi, — dans

le rêve de son réveil, leurs bercements énervants aux oreilles
de Pierrot qui, — bientôt, — se
leva;

et sa Conscience s'était levée
avec lui.

II

OMBRES
A TRAVERS LES TOMBES

Ils sortirent du caveau, dont Pierrot avait la clef dans sa poche, et, — sans suivre les rues des morts, glissant entre les monuments funéraires, heurtant les croix, effleurant les herbes, — ils s'en allèrent bras dessus, bras dessous, voir s'il existait encore des viveurs parisiens de mi-carême. Pier-

rot avait aimé des femmes innombrables, ou, s'il ne les
avait pas toutes aimées, il
avait fait avec elles ce que l'on
fait quand on est aimé.

Il avait connu des vierges
qui souhaitaient ne plus l'être,
des mariées à qui M. Joseph
Prud'homme ne suffisait pas,
de jolies filles, qui, malgré
leurs lèvres carminées et ven-
dues, l'avaient adoré puisqu'elles n'avaient ruiné que sa san-
té, Il s'était fait rendre par les
huissiers des visites qu'il ne
leur avait jamais faites ; et les
usuriers avaient regretté son
trépas, parce qu'ils perdaient,
devant cette fuite, toute espérance d'être soldés, quand
Pierrot serait devenu sérieux.

L'EVANGILE
DE PIERROT

I. — *Au printemps, Pierrot avait souhaité, pour la première fois, connaître le Mystère, — le sexe féminin, — sous les robes impénétrables qui le dérobent.*

Impénétrables? Ce ne serait pas féminin. Et les robes sont légères, maintenant.

Et, depuis, — ayant dévoilé et pénétré l'énigme éternelle, d'innombrables fois, — il avait

découvert, en leur essence, les
Sept Péchés Capitaux de
l'être adorable :

I. — L'Orgueil, *une femme*
à diamants et colliers de per-
les, toilettes épatantes de fées
vingtième siècle, petit hôtel,
automobile. L'Orgueil, *une*
danseuse médiocre, mais par-
fois émouvante mime, yoni de
luxe — qui avait humilié Pier-
rot, mettant un pied de capri-
cieuse et d'infidèle sur le cœur
un peu gros, de l'amant d'une
nuit, toujours hypnotisé; l'Or-
gueil, un tas de jeunes femmes
— mariées souvent — qui vont,
l'après-midi, se prêter, dans
les maisons d'illusion, aux ca-
prices de messieurs passagers,
prendre les attitudes les plus

*libertines, offrir ou censentir
les lèvres qu'on veut, s'age-
nouiller, avaler du plaisir
d'homme, au gré du payeur
de leurs dessous suggestifs,
de leurs toilettes merveilleuses, de leurs chapeaux éton-
nants, — et rentrent chez
elles, après la lutte pour le
luxe, pour dîner avec l'amant
o～ le mari, avec les enfants, et
passent fièrement devant les
concierges admiratifs.*

2. —✦ La Colère, *qui, dans
les lassitudes des fins d'amour,
et le déchirement des habitu-
des, l'avait i.. ulté, menacé,
terrifié par la violence de ses
cris;* la Colère, *qui, tant de fois,
(Madame, en bas transpa-
rents, chemisette courte, en*

train de se promener dans l'appartement, pire que nue, et réclamant de l'argent pour de nouvelles robes,) avait empêché Pierrot, en pyjama, de travailler ou de lire son journal, de fumer tranquillement sa cigarette.

3. — La Gourmandise, *qui, ayant capturé son cœur d'amant trop fou, s'amusait, vers la fin de l'idylle, à boire, à la régalade, le sang du martyrisé, se donnant ainsi l'illusion des rubis que le pauvre garçon blême ne pouvait lui offrir.*

Ou bien encore, la Gourmandise, une Aphrodite, après s'être donnée elle-même en gourmandise à Pierrot, tous deux encore étendus sur le

*champ de bataille amoureuse,
a choisi des raisins, parmi les
délicatesses du goûter délicieux au champagne, posé sur
un guéridon proche. D'une
main, elle tient élevée la
grappe brune, et, de l'autre,
elle caresse les grains, pendant
un armistice.*

4. — L'Envie, *une gamine
montmartroise, svelte et joyeuse, qui eut la fringale de
Pierrot et qui riait à belles
dents de leur désir réciproque;
car il la voulait, lui, comme un
prisonnier, dans sa cellule
sombre, un rayon de soleil ;*
l'Envie, *qui, s'étant aperçue de
la puissance qu'elle avait sur
Pierrot, le mena, bientôt, devant une vitrine de bijoutier:*

*elle voulait une bague avec
une grosse perle.*

5. — *Et voici:* La Luxure,
*qui fait s'entrebaiser les futurs
adversaires — par leur stupre
maintenant, à l'heure des at-
tractions simultanées, des
échanges de caresses, des fantaisies d'épidermes, des con-
tacts profonds, allumés en
flambée et vautrés sur des brai-
ses, au milieu d'un tournoie-
ment émeraudé de cantha-
rides;*

Oui, voici : La Luxure, *un
paradis d'enfer, qui, longtemps
quotidien, roussit ou brûla,
plus d'une fois, de ci, de là, les
rêves du rimeur à la lune et du
pêcheur d'étoiles.*

6. — La Paresse, *qui n'en peut plus de lassitude de ne rien faire, après avoir, cependant, daigné se baisser pour prendre le cœur de Pierrot en offrande absolue à ses pieds, — refusait tout effort, même le plus minime, aux soins du logis d'amour.*

Repriser tes chaussettes liliales et raccommoder l'accroc que fit à ta souquenille blanche un buisson en fleurs d'églantines roses ? — Tu n'as donc pas regardé ta belle, Pierrot ? Non seulement, elle ne se soucie guère des soins du ménage. Elle veut faire du théâtre : ce n'est pas le trottoir ; c'est plus haut et plus cher ; c'est le tréteau. Elle s'est installée, en bas blancs

rosés par des jambes adora-
bles, pantoufles roses et com-
binaison arachnéenne pour
toute vêture, dans un confor-
table fauteuil anglais, pour
étudier son rôle, Junie, de
Racine : Britannicus. Mais
elle s'est endormie, et la tra-
gédie lui est tombée des
mains.

Elle fera peut-être, demain,
du cinéma.

7. — L'Avarice, hypocrite
et traître, qui amasse à l'écart
tout ce qu'elle peut dérober
à la faveur et sous le masque
des sentiments. Après la cau-
serie, en chemise, elle en sou-
lève, pour quémander, le devant comme un tablier, et, elle,
si blonde en haut, montre à

*Pierrot, si blanc, si blême, son
cœur noir qu'elle ne lui donnera plus, s'il lui refuse ce
qu'elle demande. Elle a beaucoup de cœur, un cœur velu
comme une rose mousseuse et
sombre.*

*Lucienne accumule, dans
un coffret, les bijoux, les billets de banque, les titres nomi-
natifs, les joyaux conquis par
ses gentillesses, ses rosseries,
ses rires, ses jalousies aguichantes, des scènes stupides,
ses reproches, ses soupirs, ses
larmes, ses pardons, ses câli-
neries, ses sourires, ses baisers épuisants, ses cruautés
impitoyables, au moment des
nerfs et des ruptures.*

*Cette jolie avare, outre son
cœur d'en bas, si noir, a un*

cœur d'or, — oui, un cœur d'or,
suspendu par une chaînette à
son cou, un petit cœur d'or, —
bien visible, quand Lulu se
déshabille, entre deux seins à
damner tous les saints.

Pierrot avait ainsi connu,
tour à tour ou ensemble, L'Or-
gueil, La Colère, La Gourmandise, L'Envie, La Luxure,
La Paresse, L'Avarice,
    et cœtera;
    il avait, — avec deux mille
et trois maîtresses, plus que
Don Juan, — pendant des an-
nées de caresses et de batail-
les, de duos et de duels, joué,
lutté avec des paons merveil-
leux, des linottes jolies, des
dindes, des chattes, des tigres-
ses, toutes les félinités, des

truies, des libellules capricieu-
ses, des loirs nonchalants, des
anges du ciel, des cocottes,
des grenouilles, des grues ex-
quises dans leurs voltes im-
prévues et légères, des moi-
neaux parisiens, des oiseaux
de paradis, des chameaux, des
colombes candides, des vipè-
res, toute une variété animale
sous les formes divines de la
Femme ; .

Pierrot avait mené une vie
de bâton de chair ; il avait
adoré, — dans les aspects infi-
nis et les écrins troublants,
ses lèvres et, plus bas, une
autre bouche, de l'Enchante-
resse Universelle, — la multi-
tude de Ses délices et de Ses
vices.

Enfin, alors qu'il avait ré-
sisté à tant d'amantes perver-
ses et compliquées, une ingé-
nue, — aux fleurs d'oranger
par lui effeuillées, un soir
d'automne, — avait fait perdre
la tête à ce forban de baisers,
un soir équivoque de novem-
bre, d'hiver proche ;
Pierrot avait succombé.

Miousic, *ma Conscience !*
Entonnons le cantique : « Plus
près de Toi, mon Dieu ! » —
Oui, Miousic, *Pierrots blancs*
et Pierrettes noires, clownes-
ses et clowns !

II

OMBRES
A TRAVERS LES TOMBES

(Suite)

Et Pierrot était tout blanc,
avec son costume en soie crè-
me à larges boutons, avec sa
figure poudrerizée, son serre-
tête, et son chapeau pointant
vers les étoiles. Mais sa Conscience était toute noire.

Elle s'appelait Pierrette, et,

pour cette nuit sans doute,
Carêmette, quasi pareille, —
exquisement, si délicatement
androgyne, — quasi pareille,
en femme, à son camarade,
comme une goutte d'encre à
une goutte d'eau, avec son costume fantaisiste, culotte courte de satin noir, collerette
noire et corsage noir transpa-
rent, décolleté en pointe jusqu'à la ceinture, formant un
cadre délicieux à la poitrine
blanche et aux menus seins
pointés en l'air ; bas de soie
noirs et gants noirs. Elle était
noire, — sauf le visage, frais
et clair comme ce que l'on
voyait, rose ou blanc, si jeune
et si élégant, de sa chair ingénue, car la Conscience a beau
être noire, elle ne se montre

jamais telle et fait toujours joli visage; — elle était noire à cause des vices de son ami, mais elle ne lui en voulait pas pour cela, et la Conscience marchait en compagnie de Pierrot, comme une sœur.

Elle avait consenti, pendant leur jeunesse à Paris, aux amours passagères de son frère jumeau, et elle se prêtait encore à ce retour — pour une nuit de carnaval, — à cette rentrée dans la vie parisienne, à cette curiosité posthume.

Après s'être fait peindre par un rapin montmartrois, deux cartes extravagantes, attachées en bandoulière, l'une à un ruban blanc, l'autre à un ruban noir, ils traversèrent le

boulevard des Batignolles et
virent, bientôt, tourner des ailes de moulin, des ailes de feu
pourpre et or :

> Perché sur la haute colline
> et coiffé d'un chapeau pointu,
> le moulin fait de la vertu
> des filles la blanche farine.

III

UN MOULIN
QUI MOUD DU PLAISIR

Pierrot et sa Conscience entrèrent dans ce hall flamboyant, célèbre dans le monde entier, le Moulin Rouge, où, — après une revue sardanapalesque, étalant sur la scène, parmi les calembours, fientes en collaboration de trois moineaux de Paris ayant de l'esprit comme quatre, des fem-

mes aux jambes nues, aux
cuisses naturelles, brillantées
de poudre de riz, plus en maillot de soie comme à l'ancienne
mode, au dix-neuvième siècle,
mais nature, en peau de bal,
— il y avait après le spectacle,
ce soir de carnaval, bal masqué.

Personne n'était vraiment
joyeux. Les Desdémone et les
démones, les Juliette, les Chimène en chapeaux immenses,
robes collantes aux hanches
et partout, faisant deviner
tout, quasi voir, se promenaient, toutes les lèvres au
premier venu, flirtant les messieurs capables non plus de
deux, trois, quatre ou cinq
louis, mais de deux, trois, quatre ou cinq billets de cent

francs, à cause du change. Le
Veau d'or est toujours debout,
et le Dollar est roi. Ne s'éver-
tuant pas même à la drôlerie,
des mâles ennuyés circulaient.

Six petites anglaises, — qui
tout à l'heure, dans la revue
aristophanesque et concolore
tour à tour, avaient été ap-
plaudies furieusement, trois
en jeunes garçons, trois en
danseuses androgynes, — à
présent, parmi le public, frô-
lées sans cesse, touchées au
passage par de gros désirs, six
gamines anglaises, — jupes de
soie rouge, bas noirs, dessous
noirs, leurs visages impassi-
bles, à la fois pervers et naïfs,
— gigottaient une gigue extraordinaire ; une autre ingé-

nue libertine, la septième vierge folle, était serrée dans la
simple robe bleue des femmes
de l'Armée du Salut, et coif-
fée du grand chapeau aux
ailes en entonnoir des nouvelles évangélistes. Un homme,
leur père nominatif, en jersey
vert d'eau, (sur lequel était
écrit en lettres jaunes :

ARMÉE

DU

CHAHUT

aimez-vous

les uns les autres).

menait, se démenant de tout
le corps, la face flegmatique,
cette petite saturnale de famille.

Ohé ! les vices ! Ohé ! les

dépravés ! Vous qui aimez la femme, voici des jeunes filles à l'air de petites filles. Ohé ! vous que lasse le geste séculaire et normal, les sœurs de ces gamines sont trois jeunes garçons.

Plus loin, au milieu d'un quintuple cercle d'hommes, quatre danseuses, — l'une illustre, Cloporte, et le point de mire de tous les regards, — voltigeaient, cabriolaient en un fouillis de dentelles où le sexe, pour les yeux à l'affût, de-ci, de-là, s'entrevoyait. Les quatre filles dialoguaient, avec des coups de reins, des contorsions polissonnes, des déhanchements, des pieds égrillards qui frétil-

laient devant des sots en extase, et,
    parfois,
les décoiffaient.

Il y avait aussi la Goulue et
Grille d'Egoût.

Elles, *ou leurs ombres? Des
revenantes,* alors, comme Pierrot et sa Conscience ? Pas-
saient-ils cette nuit, mêlant
aux vivants les retirés ou les
morts de cinquante ans de rigolade et de partouse, pas-
saient-ils en revue les héros et
tous les types, qu'ils connais-
saient, de l'armée du plaisir ?

Dans un coin du hall, une
péripatéticienne s'asseyait un
instant, et, pour aguicher un
monsieur en habit noir qui la

regardait impassible, levait rapidement sa jupe en corolle au-dessus de ses mollets élégants, deux fripons pistils, — comme pour arranger une jarretière.

Le monsieur en habit noir:

— Vous portez encore des jarretières ? J'ai du goût pour ces attaches de ma grand' mère.

— Je n'aime pas les jarretelles : ça tire et déchire les bas.

— Tu es économe et jolie. Alors, je vais t'épouser.

— Vous pourriez tomber plus mal, monsieur.

— Je connais une princesse qui aime les bas très longs et ne porte — ni jarretelles — ni jarretières.

— Comment fait-elle tenir ses bas ?

— Avec des épingles à cheveux.

Le monsieur en habit noir ajouta :

— Au nid soit qui mâle y pense.

Puis il se perdit dans la cohue bariolée.

Traversant cette foule circulante de masques de femmes, d'exhibitions, d'ennuis et de désirs, Pierrot et sa Conscience ouïrent encore des bribes de conversation. Une grue demandait à un vieux petit sec, à favoris poivre et sel très distingués, si « collidor » s'écrit bien avec deux l.

— Oui, répond un Grand-
Duc russe, ruiné par Lénine
et la Révolution, et figurant
septuagénaire de la vie parisienne. Mais on prononce
toujours, comme s'il y avait
deux r.

Ce débris d'avant le déluge,
ce survivant de l'époque, à jamais périmée, des Tzars traî-
nait, dans le promenoir du
Moulin Rouge, sa silhouette
gâteuse, ses moustaches de
général Cosaque, tandis que
là-bas, en avânt-garde de
l'Asie qui, plus tard, domi-
nera l'Europe, — murit et se
dresse un peuple neuf, sous
les étendards et les enseignes
de l'enclume et du marteau.

Dans un coin, on parlait de
la montée probable de la livre

à 150 francs et des valeurs
étrangères : caoutchouc, pétrole, *Eastern Rubber*, *Guta
Kalumpong*, *Royal Dutch*,
Schell, *Central Mining*.

Un habit noir à un autre :

— De quoi vit Merdant.

L'autre habit au premier :

— Il a été riche, jadis. Depuis, en Algérie, il a fripouillé
un peu de tout. A présent, il a
une bonne affaire : la location
des vitrines de réclame dans
les grands hôtels de Deauville
et de la Riviera, et le fermage,
en exclusivité, des water-clo-
sets dans vingt palaces.

Une fille jouant de l'éventail, vicieuse et mystique, presque nue dans une robe droite transparente, imprimée de marguerites, une auréole de sainte fixée au chignon roux, fendait, en jouant de l'éventail, les groupes d'hommes.

Elle interrogeait :

— Pour qui la femme de « saint Louis ? »

— Pour moi ! pour moi seul ! répond un sot.

— Pour tous ! réplique-t-elle en allant se camper, tour à tour, devant ceux qu'elle croyait « sérieux ».

Chacun, dans ce bal masqué, avait le souci de l'argent : les femmes de celui à gagner, les hommes de celui à ne pas dépenser.

— Zut, alors! dit un mon-
sieur en habit noir à la femme
de « cinq louis » qui le sollici-
tait de la prunelle.

— Zut à l'Or! répliqua-t-elle,
c'est l'Or au contraire qui nous
dit :

ZUT !

IV

TABARINADES

Pierrot entendit sa Con-
·science lui chuchoter :

— Si « qu'on » s'en allait?

Ils partirent, et, bientôt, ils
faisaient leur entrée dans un
autre endroit joyeux : *Le Bal
Tabarin :* Dans les loges qui
font le tour de la salle, des
messieurs en habits noirs, gla-
bres, tous l'air jeune, même les
grisonnants, avec leurs faces
rasées, Anglais, Américains

(ou leur imitation) sablaient
le champagne avec des femmes qu'on dirait du monde, et
jetaient les serpentins à la
volée, sur un cortège costumé
de femmes en maillot, à peine
vêtues de chlamydes légères
et transparentes, pour évoquer
un peu le thème de bacchanale,
l'Orgie Latine, choisi par l'or-
ganisateur des chorégies heb-
domadaires, le samedi, et des
nuits de carnaval.

. Une fille magnifique, élan-
cée, gracilement sculpturale,
figurait Messaline, l'Impéra-
trice nue, sur le char le plus
beau. Debout, ses jeunes seins
arrogants, ses longs cheveux
dénoués, ceinte, autour du
front, de la couronne d'or de
feuilles de chêne, elle fleuris-

sait encore de ses pieds nus et divins les roses d'une jonchée que formaient, sur son piédestal, vingt femmes inférieures, dénudées, admirantes autour de Son apothéose. Les serpentins multicolores volaient vers Elle, lui portant des hommages, des caresses, des envies d'Elle ; et, sur un autre char, vautré parmi des femmes nues encore, le pitre qui, d'ordinaire, se promène là, costumé en Tabarin, une large plume sur le feutre retroussé, le nez rouge en pointe, représentait, ce soir, Claude, l'imbécile César. Les serpentins voltigeaient toujours, de loge en loge, du haut en bas, de bas en haut, jetaient de la féerie sur les mensonges, les oripeaux, les poitrines trop maigres, les bras trop minces, les bouches fatiguées, les jambes pas idéales de ces bacchantes — évadées de leurs réduits à Montmartre — mal nourries de charcuterie et de salade.

Cependant, — autour du cortège, l'*Orgie Latine,* — l'orgie parisienne continuait. Le marché battait son plein, les affaires se concluaient.

Une blonde, nue dans un maillot clair, sous une jupe de tulle cendré, semé d'étoiles, portait à la main, cyniquement, un écriteau :

CHAMBRE
A
LOUER

Quelqu'un demanda :

— Sur le devant ?

Elle, avec un sourire ingénu de vierge du temps des aubépines :

— Oui, mais j'ai aussi un petit logement sur le derrière.

— Combien le petit logement ?

— Plus c'est petit, vieux cochon, plus c'est cher.

Et elle se mit à réciter sur un ton de petite fille à l'école, une fable :

— Un jour, le « ton » fatigué d'exercice, — à son voisin, le « tu » demanda le service.

Et, tirant la langue :

— *Moralité* : On a souvent besoin d'un plus petit que soi.

Tandis que le candidat loca-
taire marchandait, deux hommes, dont l'un au moins aurait
dû avoir une casquette à trois
ponts, se querellaient :

— Je n'ai pas de rivalité avec
vous.

— Pourquoi ?

— Mais ce serait un combat
naval.

Une femme à vendre et à
louer, disait à un gigolo :

— Moi, je jouis toujours
deux fois.

— Oh !

— Quand on me paye et
quand on s'en va.

Dans le hall flamboyant et
diapré, pavoisé par des dra-
peaux de tous les pays, —
l'argent et le plaisir n'ont pas

de patrie — tintamarraient
éperdument les musiques de
danses. Eve qui a pris le ser-
pent pour sauter à la corde,
Juliette lasse de la purée avec
Roméo, Chimène qui préfère
Crésus et sa barbe grise au
Cid Campéador, Agnès aimant
mieux Bartholo que Léandre,
— car Vieux le veult, — une
foule de chasseresses, de ven-
deuses d'amour au rabais et à
l'encan, se promenaient, les
prunelles aguichantes sous les
cils peints, et toutes les croupes prometteuses. Parmi ces
tentatrices professionnelles,
d'autres mâles, — ne s'éver-
tuant pas même à la drôlerie, sauf une douzaine d'humo-
ristes égrenés çà et là dans la
cohue tabarinesque, d'autres

mâles ennuyés, flapis avant
même la petite secousse qui
laisse l'animal triste, circulaient, — circulaient, sous le
bâton du chef d'orchestre,
tournaient comme des captifs
dans la cour d'une prison.

V

UN VAMPIRE

A la sortie du Bal Tabarin, Pierrot et sa Conscience aperçurent, se reposant, — appuyée légèrement contre la devanture d'un petit café de maquereaux, — de son raccrochage sur le trottoir, une femelle humaine qui, son waterproof entr'ouvert en triangle sur une robe noire décolletée et sa poitrine étique, attendait les

clients, une femme, échappée
des eaux-fortes de Félicien
Rops, raccrocheuse aux yeux
de tragédienne, ses lèvres de
vampire entr'ouvertes. Le présent était trop malpropre et
répugnant.

Pourquoi? La rue de Paris
et des grandes villes a ses
pieuvres comme la mer.

Pierrot et Sa Conscience
montaient dans un taximètre
automobile : cette goulue,
sans bouger, une main dans la
poche du manteau, l'autre
passée derrière son dos, sur la
glace de l'établissement ver-
dâtre, leur fit encore, de la
langue et des yeux, un muet
appel.

VI

MEMENTO

(quia pulvis es)

Le chauffeur descendit vers les grands boulevards, très vite. Minuit un quart. Voyant les rues tranquilles, avec de rares passants, les deux morts se rappelaient l'époque, où, chaque année, le carnaval échappé se précipitait, par toutes les voies proches de l'Opéra, délirant, fantasque, amoureux, infernal, échevelé, dans les cafés, les bals et les restaurants de nuit débordés. Ils évoquaient, en route, les souvenirs. La Conscience disait à Pierrot:

— « Nous avons bien fait de mourir, avant 1914, avant la grande guerre, quand on connaissait encore la douceur de vivre, puisque le rire est mort, remplacé par le ricanement... Mort aussi le besoin d'aimer! Morte la fantaisie, mort le caprice, mortes les passions (sauf l'âpre désir de la richesse marchande et goujate, immédiate, cueillie sans travail, tout de suite)... Morte la joie !... Nous, les décédés, nous sommes encore les plus joyeux, car, dans notre cercueil, et, maintenant, — dans cet autre « sapin » — nous éveillons les souvenances... As-tu oublié, Pierrot, Musette la blonde qui te chérissait au Quartier Latin? En fermant les yeux, revois-tu Zerbinette que tu rencontras à Montmartre, un après-midi de dimanche, au bal du Moulin de la Galette, — retrouves-tu, dans ton cimetière de femmes, Zerbinette que tu adoras tout un été ? Vous aimiez les parties en bateau, par le gai soleil, sur la Marne. Tandis que, assise à la proue, elle laissait, les jambes pendantes, traîner au fil de l'eau ses pieds nus, tu improvisais pour elle un poème en terza rima:

Belle, tes bras sont blancs, ton rire est argentin.
Pour moi lève plus haut ta jupe de satin,
montre ta chair qui (I) a les tons doux du matin.

Il y avait un hiatus. Sur lui
(Ah! le joli point de vue!) Zerbinette leva sa robe. Les ber-
ges étaient bordées de saules,
dont les branches souples se
balançaient au-dessus de vous.
Personne ne pouvait vous voir.
Moi, ta Conscience, j'étais là;
mais je ne t'ai rien reproché
parce que tu avais alors, —
comme aujourd'hui, les petits
ogres d'après le grand massa-
cre, — qui n'ont pas fait la
guerre, eux, — parce que tu
avais moins de trente ans.

VII

VERS LA JOIE

L'auto arrive à l'Opéra.

Devant le monument, inondé de lumière électrique, du Chant et de la Danse — dont la colonnade du foyer apparaissait, parmi les illuminations et les réclames de feu de la place et des angles du boulevard, comme paradisiaque et opaline, sous la clarté d'arcs à

incandescence, — des sergents
de ville et des gardes républi-
cains, ceux-ci en selle, raides
et superbes, on eût dit de vi-
vantes statues polychromes,
— avaient fait le vide ; ils
maintenaient, sur les trottoirs
circonvoisins et sur le refuge
du métro, un millier de ba-
dauds obstinés.

Des centaines de voitures
automobiles, éclairées et fleu-
ries, boudoirs ambulants et
précieux, traversaient ainsi la
place, s'arrêtant au pied de la
grande façade où les Danseuses de Carpeaux semblaient
vivre plus que les vivants,
exultaient, *seules*, de joie,
dans les gestes grisés, gri-
sants, de leur ronde de pierre.
Mais plusieurs voitures s'arrê-

taient plus loin, discrètes, sous
le péristyle des abonnés.

Oh! le pêle-mêle bigarré de
carnaval, grimpant les mar-
ches, se hâtant vers les portes.
Oh! çà et là, les jolis profils
sous les capuchons de soie et
le loup sombre où les yeux
scintillent davantage, tandis
que la bouche excitée par le
froid et une espérance de plaisir, avec un plus vif afflux de
sang, sourit.

Oh! tout cela, les seigneurs
aux frusques équivoques, les
pourpoints de rebut, les Tabarin, les gavrochettes, les Pail-
lasse, les soubrettes, la tribu
des filles, le retroussé et le
déshabillé, les Isabelle, les
Mistinguet, puis les Cocodrille, les Giangurgolo, les dé-

guisements légendaires, les
fantaisies et les extravagan-
ces, les dominos de tous genres, un peuple en frac, bourgeois curieux en bordée de
famille, haute noce et fine
gouape !

VIII

SOUS L'APOLLON D'OR

Et, parmi la marée d'habits noirs, les sept ministres des finances de l'année 1925, bras dessus, bras dessous, Caillaux, Loucheur, etc., Tire au Flanc, Tire au Franc, avec Déficit, Banqueroute et Rigolade. Tout cela — Paris embarqué pour Cythère ou Lesbos, pour ici et pour là, pour loin de soi, pour ailleurs, — partait, na-

rines vibrantes, à l'aventure
pour l'amour, pour le baiser,
pour le Plaisir.

De bouche en bouche,
— et — pas s'en faire.

Pierrot et sa Conscience
montèrent les degrés menant
au vestibule. Ils n'avaient rien
à laisser au vestiaire, et le nez
des préposés s'allongea. Des
habits noirs, debout sur l'escalier monumental, regardaient
les nouveaux venants et, surtout, les nouvelles venantes ;
ils regardaient, sans trouver
un trait d'esprit, pendant que
des spleens — masqués — tis-
saient dans leurs têtes, des
toiles d'araignées ; ils regardaient.

Et rien de plus.
Ils regardaient.

Un d'eux saisit canaillement
par derrière, des deux mains,
une femme dont la figure était
cachée par une épaisse man-
tille de triple dentelle et dont
les formes étaient grasses.
Elle se retourna, toisa l'inso-
lent pour juger si elle devait
pardonner, et se fit mépri-
sante.

— Vous n'êtes pas assez
beau pour être si hardi.

Comme le nigaud la regar-
dait béat, elle reprit :

— Aux innocents les mains
pleines.

. Pierrot blanc et Pierrot
noir eurent dans les corridors

des loges, un passage à sensa-
tion parmi les sifflets d'ébène
et les dominos de satin ou les
femmes voilées. Peu d'autres
masques, sauf ceux des cor-
tèges organisés. Jean Dayel,
fin et blond — si ce n'était
lui, ce devait l'être — près du
foyer, ayant autour de son orchestre quelques groupes at-
tentifs, dilettantes ou mélo-
manes, exécutait une musique,
aux rythmes aigus et saccadés,
que sembla parfois traverser
le bruit d'ailes d'un vol de ci-
gognes.

IX

LE BAL DE L'OPERA

Enfin, Pierrot blanc et Pierrot noir pénétrèrent, en face de l'autre orchestre, dans la salle, par un large escalier droit, garni de municipaux et de lampadaires, au pied duquel les éclats des instruments, par un effet de l'acoustique baroque du monument, venaient mourir comme des vagues.

La foule était là, qui entraîna les deux compagnons.

Au-dessus de cette joyeuse
affluence humaine, violette, indigo, noire, verte, jaune orangée, rouge, en gamme cha-
toyante; — au-dessus des plumes de toutes les couleurs, des
tricornes, des dominos de lustrine, flottants ou collants,
des toques, des sombreros, des
tuyaux de poêles; — au-dessus
des femmes en chasseresses,
avec l'arc et le carquois, des
reîtres, des merveilleuses du
Directoire, des chiffonniers en
seigneurs du temps de Louis
XIV ou du gentil siècle, des
Matamore, des Scapin, des
bergères (qui ont souvent vu
le loup et qui l'aiment), des
Eves qui tentent toujours avec
ces pommes jumelles gardées
du paradis perdu ; — au-des-

sus des bedeaux, des estudiantinos, avec leurs guitares et
leurs cuillères, des eunuques,
des habits noirs, des pierrots,
des pierrettes, des petites ci-
gales, — patronne des poètes,
*(Sainte Cigale, priez pour
nous)* — ; au-dessus des Arlequin, avec leurs battes, des Ar-
lequine, des clownesses, jambes fuselées, croupes ciselées,
des Lulu, des Polichinelle avec
leurs bosses, des Clodoche,
des Colombine, des débar-
deurs, des toreros, des Robert-
Macaire et des Bertrand, —
d'une Sheherazade, tombée de
sa féerie d'Orient parmi des
alguazils, des grues en bébés,
des muscadines, des Rigolbo-
che ; — au-dessus des masques payés et de mille habits

noirs s'embêtant là aussi bien
qu'ailleurs ; — au-dessus des
bâillements, des gausseries,
des rires, de la bacchanale, du
sabbat et du chahut épilepti-
ques, des pieds et des mollets
en l'air, et, dans l'odeur encore
légère des goussets humides ;
au-dessus des cabrioles et des
sauteries disloquées,

dans ce carnaval de vivants
et d'ombres, *dans ce carnaval
fantôme qui en résumait cinquante,* pour Pierrot et sa
Conscience, ressuscités, sortis
en bamboche, de leur caveau
mortuaire, au cimetière Montmartre, un revenant, jadis célèbre, oublié depuis, —

un revenant, un peu moisi,
Olivier Métra,
le tzigane des Roses,

des vagues ensorcelantes, au
tumulte éternel, des vagues
bleues où serpente l'émeraude
des varechs, le poète des faunes qui appellent dans les hal-
liers, — conduisant la déca-
dence du carnaval, la tête tournée à droite, le visage rêveur
et paisible, chevelure frisée et
comme poudrée, moustache fé-
line, les yeux mélancoliques
semblant fixer une folie imagi-
naire (qui, sur le rebord d'une
loge d'avant-scène semblable
à un cénotaphe, expirait, sans
doute, renversée, et secouait
encore une fois ses grelots),
Métra, *le Musicien des Roses*,
et des sveltes femmes ; Olivier Métra, *ou son apparence*,
— *le Spectre de la Rose*, son
souvenir revenu, — profilait,

l'archet à la main, derrière son
pupitre, sa haute silhouette
élégante et faisait s'envoler,
des violons et des cuivres, la
poésie mélodieuse.

La grouillante cohue bariolée de masques assermentés,
valsait dans une buée de gaz et
de poussière, contemplée par
des habits noirs abrutis et par
les messieurs et les dames des
loges où l'on s'ennuie. Dans
quelques-unes, cependant, on
s'amusait. Des dominos har-
ponnés dans les vastes couloirs un peu mystérieux, et sur
le haut du grand escalier, des
femmes voilées qu'on violait
presque pour s'assurer de la
marchandise, tout à coup pous-

sées au fond des loges, jetaient de petits cris.

C'est l'escapade. Le masque fait d'un homme un autre homme, permet au cochon qui se cache dans son cœur de se montrer un peu plus, dans la joie bruyante et le brillant tourbillon des costumes, des travestis, des rires, l'incitation sournoise et rythmique d'un orchestre, des musiques de violons surtout. C'est pour une heure fugitive, si ce n'est une nuit, l'abri du loup et des barbes de dentelles. On s'éva- de de soi, on ose les attaques et les ripostes hardies, préci- ses, de lingam à yoni. Les deux partenaires ne sont pas gênés, ne se connaissant pas, et, s'ils se connaissent, ils affectent de

s'ignorer ; l'homme adroit dit
tout, montre tout, avec des
mots, même avec une main
subitement attirée et posée.
Le goujat d'une minute deviendra, peut-être, la brute
chérie. Ce sont des gestes bas,
de la peur, des duos, des
duels, des phrases courtes, dé-
cisives, nettes vers le but; et
le masque empêche la femme
surprise de laisser voir son
trouble, sa bouche seule rou-
git, plus séduisante encore ;
c'est l'isolement dans une foule d'inconnus et qui veulent
l'être.

Des gens sont là qui n'y
seront pas venus. Parfois, un
masque vous dit: « Je te connais! » On est un peu inquiet,
malgré tout. Qui est-ce ?

Qu'est-ce qu'il connaît de moi?
Un peu de mystère passe, et
on cherche de l'esprit pour se
garer. Cette minute troublante
deviendra, peut-être, du caprice, une émotion, un béguin,
du bonheur, de l'amour, de la
souffrance, des rircs, des larmes, l'âme en détresse, ou rien
du tout.

A deux ou trois loges, peut-
être, des seigneuresses mas-
quées, attendues dans les tran-
ses et chéries ardemment, vin-
rent-elles toquer ? Dans d'autres loges, celles des clubs
mondains et des princes de la
fête, il y avait un joli va-et-
vient d'élégantes pas toujours
garanties distinguées, et d'a-
mis, tandis'que, dans le haut,
sans doute, d'aucuns et d'au-

cunes, n'entendant plus les
échos des valses, des polkas,
des quadrilles, ou, plus moderne, le tintamarre hurluberlu du jazz-band, le bourdon-
nement monotone d'une ru-
meur sensuelle, étaient loin
des gardes municipaux, au paradis, séjour des bienheureux.
Olivier Métra, lui, *ou son
spectre*, avec son archet, menait toutes ces folies.

Musard, face grêlée, était
livide et funèbre, presque ma-
cabre au milieu des fous
joyeux, qui, parfois, le portè-
rent en triomphe ; Strauss
semblait un bourgeois bour-
geoisant perdu en mauvaise et
beuglante compagnie. Arban,
les traits figés, des favoris,
tournure flegmatique de maî-

tre d'hôtel de millionnaires, gardait une correction impassible ; Fahrbach, viennois aux yeux bleus, rêve devant le public (pourquoi sont-ils presque toujours des mélancoliques, ceux qui créent ou déchaînent la joie?); Métra, très indifférent au tohu-bohu de la danse et qui semblait ensommeillé au milieu d'une furieuse ruée au plaisir, de l'essai du moins, songeait-il, lui, qu'après cette mi-carême, le printemps arriverait bientôt, avec son camarade avril ?

Et tous ces chefs d'orchestre qui conduisirent la saturnale, aux bals de l'Académie Nationale de Musique, déchaînèrent la joie et le stupre dans la salle et les couloirs de l'Opéra, se

succédaient au pupitre, pour
Pierrot et sa Conscience, *en
superposition, comme au cinéma,* sur l'écran où se déroule la
bande lumineuse fugitive. C'é-
tait une nuit féérique, 1926,
réelle, folle et bien précise, où,
comme ils le font quelquefois
dans le train-train quotidien,
des morts se faufilaient parmi
les vivants.

Toujours des habits noirs,
massés en admiration dans la
salle, dans la fournaise cha-
toyante, devant les costumés
au décrochez-moi ça. Par-ci,
par-là, cependant, des masques
pour le caprice, et plusieurs
étaient gentils. Mais on les
comptait. Il y avait par exem-
ple, un lapin portant une ca-

rotte d'où, par instants, sur-
gissait une poupée à la mode,
les cheveux coupés courts sur
la nuque, furieuse contre le
lapin.

Une autre, insolente de rire
et de joliesse, en tir aux pi-
geons. Une autre, bras nus,
épaules nues, bouche fraîche,
en dame de cœur, des cœurs
semés sur la robe; et cette de-
vise — *Il y en a pour tout le
monde* — rehaussait de lettres
d'or la ceinture flottante. Une
ancienne acteuse, dans le tra-
vesti de Figaro, répétait de
temps en temps :

— Je taille encore ma plume, et demande à chacun...

X

GARÇONNES

Une femme brune, sans
masque, aux cheveux tondus,
souple et tanagréenne dans un
habit noir, tenait par la taille
une amie blonde à peine voilée, en domino vert et orange,
comme échappée du ballet
russe, *Carnaval*, avec la musique de Shumann; et leur duo
très épris — avec un effronté
et charmant zutisme de vice

devant le qu'en dira-t-on —
souriait, au passage, des regards curieux et troublés qui
les mariaient. A un groupe
bourgeois, hommes un peu
gros et dames surannées, qui
les applaudissait ironique-
ment, la brune aux cheveux
courts cria :

— Merci, couches banales !

Et comme le domino vert et
orange l'entraînait, elle jeta
encore aux braves gens, en la
modifiant et l'aggravant, une
légende de Gavarni, un laissé
pour compte de grand railleur :

— Que Dieu préserve vos
filles des nôtres !

Puis, la brune, aux cheveux
tondus, se penche vers la nuque pimpante, fringante, de
sa blonde aux frisons fous :

— On ne peut pas avoir d'enfants, ma Bilitis. Ta Sapho le regrette.

La blonde répond en éclatant de rire :

— Qu'est-ce que « Sapho », pourvu qu'on s'amuse?

Et son rire printanier tintinnabulait — tintinnabulait — tintinnabulait sous la dentelle transparente.

XI

LES BEAUX VINGT ANS

Une petite femme, désha-
billée en libellule, en maillot
de soie bleue, avec des ailes
azurées qui scintillaient derrière ses épaules, se faufilait,
appétissante et verveuse, la
bouche fraîche, dans les groupes, parmi le fouillis de couleurs, le tumulte d'accoutre-
ments, en quête d'un échauffé
qui lui payât ses ailes de gaze
et un souper.

Paradoxes excessifs, vie à outrance, sabbat, galop, chamade, gaîté au paroxysme, plaisir à outrance, tu crois ça, ma chère ? Soupera-t-on? Soupera-t-on pas ?

C'est la foire aux amours.

Le reste — quoi ? le reste ? — était composé des Chicard, des ollas podridas, des masques vêtus sans goût, de défroques de théâtre. La petite blonde en libellule causait avec un ver luisant (tout ce qui luit n'est pas or) qui disait des bêtises. La libellule excitante, endiablée, se moquait de lui, et, désignant sa lanterne où une faible lumière agonisait :

— Ce n'est pas assez, mon petit ver luisant, d'avoir une

queue : il faut encore qu'elle
éclaire.

De loin en loin, passaient
de jolies jambes nues ou na-
crées par des maillots de soie,
de belles épaules, des cous délicieux de femmes. Là, une
femme, en costume chypriote,
disait à un Turc de carnaval,
pantalon bouffant à jupe, le
chef coiffé d'un fez, que les
gens qui portent des calottes,
en méritent.

Pierrot noir, cependant, —
la Conscience — de sa voix vi-
brante sonnait à Pierrot blanc,
plus blême encore, la diane
des souvenirs et prétendait
que le bal avait l'air d'un en-
terrement. Il s'écriait en agitant, au bout de ses mains, les

pans de ses manches trop longues :

— « Où sont les fous d'antan ? Notre époque est trop sage. Où le chef d'orchestre accompagnant le galop infernal qui passait comme une trombe? Il y a des désœuvrés qui ne savent rien dire que « gaga, maman, change, livre. dollar », et se racontent les uns aux autres qu'ils viennent du cercle où ils ont tous taillé une banque et ont tous pris une forte « culotte... » Ceux qui travaillent, par nécessité, ont à s'inquiéter, eux, de leur avenir. Les jeunes, sans croyance, sans amour, sans idéal, tourmentés par la seule hantise des gains rapides, ne sont pas jeunes et n'ont pas, sur les

lèvres et dans les yeux la
chanson de leurs vingt ou
trente ans. Ils ne dansent pas
non plus, à moins d'être payés
par les dames de « dancing. »
L'inquiétude de l'argent les
harcèle, parce que l'argent est
devenu roi et dieu. On voit de
jeunes sexagénaires qui ont
plus de sourire que ces adoles-
cents fanés ou avortés. Ceux
qui ne sont pas des profession-
nels, des bénéficiaires de la
noce et du plaisir, viennent au
bal, les sens glacés, cœur vide,
pour y être venus, pour ra-
conter qu'ils y sont venus. Ces
éreintés de la vie, ces éreintés
de là, tout simplement, qui,
tout glorieux d'avoir échappé
sans courage, par hasard, à la
mort, pendant les cinq ans de.

massacres, se prétendent des
viveurs, ô ironie ! — ont espé-
ré tuer l'ennui, ici plus bruyant
mais aussi morne, plus facile-
ment qu'ailleurs. D'autres ont
combiné de rencontrer, au bal
masqué, quelqu'un et de « faire
une affaire »... Où est Théo qui
arborait un gilet rouge? où lord
Seymour ? Arsouille ? où Ca-
derousse? Aurélien Scholl et
le prince Citron ? Où sont les
viveurs, les vrais, paraît-il, les
fous ? Tous morts, disparus,
comme le perron de Tortoni,
le Café Anglais, le grand 16,
et Cora Pearl qui paria d'en
sortir toute nue, à deux heures du matin, pour traverser
le boulevard, aller resouper en
face, à la Maison Dorée... Et
les femmes du monde ? En

existe-t-il encore seulement ?
Elles sont remplacées par des
femmes riches et les araignées
d'or. Où sont les intrigues, les
imbroglios, les mystères ?
Restent les quolibets... Plus
même de grandes courtisanes;
mais, en revanche, les petites
catins foisonnent...

Un jeune homme qui avait
une orchidée à la boutonnière
et qui marchait, son claque à
la main, derrière les deux camarades, graves maintenant,
avait entendu l'élégie de Pierrot noir.

Il l'interrompit :

— Conscience, tu ferais bien
mieux de te vendre.

Dédaigneuse, Elle ne répondit pas et continua sa plainte:

— Moi, ta conscience, Pier-

rot, je regrette les lorettes de
Gavarni, les masques inspirés
de Daumier, les petites femmes de Willette, je regrette les
insensés, les rêveurs, les dé-
pensiers de fortune et les gâ-
cheurs d'avenir...

— Pas fort, ça!... non! pas
moderne ! pas vingtième siècle ! » interrompit le jeune
homme qui marchait toujours
sur leurs talons.

— Je regrette, poursuivit-
elle, un peu raseuse, sans prendre garde à ce sarcasme raisonnable, je regrette les aris-
tocratiques courtisanes, je hais
les grues et je pleure les beaux
vingt ans, mon ami Pierrot, et
notre jeunesse morte...

— Et ta sœur ?

XII

DANS LA FETE ÇA ET LA

Pierrot blanc murmura doucement à Pierrot noir que, sans doute, leur jeunesse seule, à eux, avait expiré, puisque, d'ailleurs, ils étaient morts, et il montra à sa Conscience, une autre petite femme troussée merveilleusement, en violette et parfumée à l'essence de la fleur. A côté d'elle, marchaient, — en monome, — trente messieurs en or.

Ils représentaient les banquiers. (Depuis 1919, le commencement de la défaite de la
France par Sa victoire, ils ont
pullulé formidablement, comme les romanciers, les fripons
et les rubans rouges.)

Leur claque était recouvert
de papier d'or, et leur frac
aussi était en or; leur pantalon en or, leur gilet en or,
leurs souliers en or. Avec ça,
les gants blancs et la cravate
blanche. Tous très corrects et
très élégants. Ils allaient graves et tristes, coupant les
groupes de masques et d'habits noirs. Leur monome d'or
marquait la note pécuniaire de
la société moderne. *Chacun
d'eux était l'Or*, — l'or en papier, — personnage muet et

puissant, qui vaut le talent et
la noblesse. Pierrot blanc et
Pierrot noir applaudirent à
leur passage. Le dernier des
messieurs en or — *en papier* —
se détacha du chapelet et vint
aux deux Pierrots :

— « Vous devez être les
deux frères... (lisant les cartes
que tous deux, silencieuse-
ment, lui montrèrent) Ah !
vous n'êtes qu'Un ! Pardon, je
n'avais pas vu. Le drôle de
Pierrot dédoublé, blanc comme
un lys, avec sa Conscience visible, pareille à un iris noir...
Savez-vous que tous les humains ne seraient pas ravis
d'aise, si on pouvait diviser
ainsi leur personnage et montrer leur âme? Elle serait souvent plus noire que la tienne,

plus désagréable à voir, Pierrot, car elle est noire, ta Conscience, mais elle est gentille...
très gentille... *Nigra, sed for-
mosa,* comme la Sçulamite du
cantique... C'est égal ! Vous
semblez vous plaire ici comme
des déterrés...

Pierrot :

— Vous ne croyez pas si
bien dire.

Le monsieur en or :

— Eh ! le ménage Pierrot !
regardez donc ce Polichinelle
rouge. Sa figure même est ver-
millonne. Il est pourpre comme tu es blanc, toi, comme tu
es noire, toi... (Prenant d'un
côté le bras de Pierrot blanc,
de l'autre le bras de Pierrot
noir, et les entraînant). Allons
sabler une bouteille de cham-

pagne au buffet. Son aventure vous sera contée. C'est moi qui invite, parce que je suis en or... ou en papier, tout au moins...

Pierrot blanc, Pierrot noir, le monsieur en or, s'échappèrent de la salle où l'air s'empuantissait, où les odeurs salines des chairs mouillées devenaient trop fortes, et, par un des passages souterrains qui sont, de chaque côté, au-dessous des avant-scènes, ils gagnèrent les corridors des loges où (après le premier pourchas aux aimeuses du gratin, les dominos de soie et les jolies ou laides en mantilles de dentelles) se promenaient, maintenant, des femmes en maillot

commun. Le long des murail-
les, des habits noirs, en ran-
gée funèbre, étaient debout :
l'un, son visage un peu masqué
par un loup de velours, avait
au front deux cornes de bélier
et se campait sur deux pieds
de bouc ; il montrait ce que les
autres cachent ; entre ces sa-
tyres à l'affût passaient les
deux courants contraires d'autres habits noirs et de filles.

Une admirable gourgandine,
déguisée en Zanetto, le manteau de velours usé attaché à
l'épaule et tombant jusqu'à
terre, répétait d'un ton caressant, ce vers unique :

Donnez-moi de l'argent,
                car j'aime bien ma mère.

Elle ajouta en vulgaire pro-

se, qu'elle « travaillait », en
vérité, pour sa mère, qui venait
d'accoucher de son treizième
enfant.

— « Le premier de la se-
conde douzaine » fit quelqu'un,
un boulevardier à monocle.

Tout près, un monsieur en
habit noir, à tête d'orang-
outang, le front ceint d'une
couronne en carton doré sur
laquelle était écrit, son nom,
Ouha, en lettres rouges, la
poitrine velue sous le frac, en-
gueulait tout le monde et disait :

— J'ai mille francs, un billet
bleu mâle, pour coucher avec
celle qui me plaira.

Toutes lui souriaient, et
beaucoup, en passant, lui ti-
raient la queue, celle qui

passait derrière, entre les bas-
ques de son habit.

Un peu plus loin, une sou-
pireuse d'amour, en centau-
resse, mais un peu en retard,
dans ce bal fantôme, réplique
des carnavals d'autrefois, le
type de femme d'avant-guerre,
entre 1910 et 1914 — de
superbes bras potelés et nus,
sauf des gants jusqu'à la nais-
sance du coude, était épatante. Le corset, — cuirasse
en paillettes d'acier fin, au dessin minuscule, à la trame légère, suivant docilement les
contours, — très décolleté,
large d'un doigt sur l'épaule,
collant, lacé d'une manière
imperceptible, moulait une
taille admirable, souple, ondu-

leuse, aux mouvements serpentins, et le dessous des seins
mi-nus qui surgissaient; et le
maillot, couleur chair, portait,
au carrefour, un fer à cheval,
en argent. Oh! une magnifique
bête, tout son être splendide
ayant, de ses cheveux noirs
moirés sur la nuque et retom-
bant en queue de cheval aux
pointes de ses cothurnes, l'in-
tégrité des formes qui s'en-
gendrent, dans une parfaite
harmonie successive, les unes
les autres ! Renversée dans les
bras d'un gros monsieur, elle
simulait la palpitante. Appuyée sur une jambe, tendant
l'autre dans une pose très
chic :

— Y a-t-il beaucoup de femmes dont la ligne soit si pure?

Et tout est pareil... (avec un
geste de vice ingénu qui montrait le troublant bijou). Combien donnes-tu de mon fer à
cheval ?

Elle reposa son pied, au ta-
lon duquel sonnait un grelot
d'argent, et, pâmée, les yeux
blancs, pencha sa tête sur
l'épaule du gros monsieur. Il
déclara qu'une femme comme
ça vaut bien six mille par mois,
et demanda à cinq de ses amis
s'ils voulaient la prendre, en
quotité de sixième, avec lui, en
commandite, chacun un jour
par semaine, « une nuit de
repos hebdomadaire réservée,
bien entendu. »

— Soit, dit-elle. Et toi, mon
vieux, pour ta bonne idée, tu
auras le samedi, le jour chic.

XIII

LA VIE
DE POLICHINELLE

Des éreintés étaient écroulés, dans les couloirs, sur des banquettes, en broyant du noir, même sur les balustrades de pierre, en haut de l'escalier. Des curieux lorgnaient aux carreaux des loges.

Pierrot et sa Conscience, aperçurent, dans un groupe d'hommes, autour d'une pé-

cheresse, en costume bain de
mer à crevés de chair, un ban-
quier, — ou saltimbanquier —
qu'ils avaient connu, jadis,
avant leur mort, et qui, alors,
possédait déjà six millions de
capital et trois millions de det-
tes (ce qui fait neuf).

Une petite femme brune, déguisée en chatte blanche, —
elle avait les yeux verts des
chattes — miaulait, dans les
couloirs, et demandait cent
sous, quand on la regardait,
tendant la main :

— Pauvre chatte ! dit Pierrot. Elle n'a pas de poils aux
pattes.

— Ailleurs, Pierrot ; noirs
comme ta Conscience.

Parfois, il y avait des pous-

sées aux environs des loges.
Près de l'orchestre de Jean
Dayel, comme ils allaient en-
trer au buffet, ils entendirent
un bout de discussion :

— Tu as vendu ta femme.

— Et toi aussi.

— Mais, moi, mon cher, j'ai
fait faillite.

Il avait trafiqué de sa femme, mais il ne l'avait pas li-
vrée : c'était plus fort. Pierrot
blanc et Pierrot noir échangè-
rent un sourire de tristesse ;
mais le monsieur en or demeu-
ra impassible, car, évidem-
ment, la femme, même mariée,
pourvu qu'on ne se heurte pas
au code, mais qu'on le tourne,
est un animal de luxe négocia-
ble. Ils s'assirent dans la ga-
lerie, qui fait l'angle avec le

foyer, et d'où ils entendaient
les airs étranges, le raclement
plaintif des violoncelles, de
François Berlu, le composi-
teur fameux et hurluberlu, de
l'opérette tricentenaire. *De
bouche en bouche,* une volupté
nerveuse, rauque, cependant
de l'harmonie, jaillissait de sa
musique.

Une sauterelle, en béret
mousseline sur une chevelure
châtain clair, la robe vert
d'eau, avec deux longues ailes
même ton, piquées de points
argentés, était venue quêter
une coupe de champagne.
Alors le monsieur en or com-
mença l'histoire promise du
Polichinelle rouge.

— Il était une fois un mari
qui, voulant aller au bal de

l'Opéra s'amuser un peu, commanda à son tailleur un costume de Polichinelle rouge. Seulement, sa femme se douta d'une tromperie... (entre nous, elle avait trouvé dans les papiers de son mari, une lettre du tailleur lui demandant s'il voulait une belle bosse de Polichinelle, ou seulement une demi-bosse)...

Madame avait cette déplorable habitude de fouiller dans les affaires de monsieur... Elle se proposa de surprendre la fourberie et de la faire expier. Elle résolut, pour ce, d'aller elle aussi à ce bal de l'Opéra, et elle acheta un domino jaune symbolique, les couleurs futures de son mari... Mais le mari a pigé le domino jaune, par

hasard, et il croit à une trahi-
son possible de sa femme... lui
ne pensant, en rien, être soup-
çonné... Tous deux sont donc
venus au dernier bal. A minuit
et demi, un Polichinelle rouge
arrivait. Il rencontre dans le
couloir des loges, le domino
bouton d'or. Le Polichinelle
conte fleurette au domino.
Cela va très bien, comme sur
des roulettes. On va très vite
sur des roulettes, et le divan
en avait... Naturellement, le
couple était masqué, et il faut
vous dire qu'ils avaient aussi
déguisé leur voix. La dame
s'était laissée entraîner, à une
heure du matin, en cabinet particulier... S'ils sont toujours
restés voilés, ils ne sont pas
restés convenables. Oh! non...

Inutile de feindre plus longtemps, n'est-ce pas ? Tout à
coup, le Polichinelle rouge en-
lève son loup au domino jaune,
et le domino jaune, alors, arra-
che son masque au Polichinelle rouge, en criant :

— « Ah ! vous menez une
vie de Polichinelle ! ah ! vous
vous payez une bosse. Une
demi ne suffit pas. »

Elle s'arrête net :

— Ce n'est pas mon mari !

Et lui, trépignant de joie :

— On va rigoler, ce n'est pas
ma femme ! » Oui, petit Pierrot, et vous, chère madame
Conscience, ce n'était ni l'un
ni l'autre !

Le monsieur en or se dressa
pour rejoindre le monome des

banquiers, *en or de papier,* qui
repassaient, cette fois suivis
par une enfilade de jolies filles
éprises d'eux ; mais, aperce-
vant un Polichinelle rouge
tout seul, il ajouta que ce devait être le mari, dont la femme avait été fourragée au dernier bal, en cabinet particulier,
par un autre Polichinelle rouge, à moins que ce ne fût un
troisième mari : « Ah ! la vie
de Polichinelle! » fit le monsieur en or (papier) au bossu
rouge déambulant en solitaire.

— « L'avis de Polichinelle,
le voici ! se ficher de tout,
même de l'or. »

— « Pas possible, ça, dit une
petite femme, pourtant déguisée en Hospitalité Écossaise.

XIV

LE CHEMIN DES SEXES

C'était l'heure où les soupers
s'organisent. On s'en allait
deux à deux, chacun avec sa
chacune, ou par bandes. Quelques danseurs, figurants des
théâtres, et quelques danseuses, gouines au rebut, fatigués,
commençaient à envahir les
couloirs et le foyer.

Oh! tout cela, les seigneurs
aux frusques équivoques, les

pourpoints de rebut, les Tabarin, les gavrochettes, les Pail-
lasse, les soubrettes, la tribu
des filles, le retroussé et le
déshabillé, les Zerbinette, puis
les Cocodrille, les Giangurgolo, les déguisements légendaires, les fantaisies et les ex-
travagances. Les dominos de
tous genres et de tous sexes,
un peuple en frac, bourgeois
curieux en bordée de famille,
et haute noce, et fine gouape,
la marée d'habits noirs, — oh!
tout cela, Paris embarqué pour
Cythère ou Lesbos, pour ici et
pour là, pour loin de soi, pour
ailleurs! — Oh! tout cela qui,
avant minuit, partit, narines
vibrantes, à l'aventure, pour
l'amour, pour le baiser, pour le
plaisir.

Soupera-t-on ?

La vie est chère ?

Des valses, flonflons mourants, échos berceurs des turlutaines, trilles fous en lambeaux, des musiques agoni-
saient parmi la foule violette,
indigo, noire, verte, jaune,
orangée, rouge, dominos de
lustrine ou de soie, tricornes,
sombreros, tuyaux de poêle,
estudiantinos, pierrots, pierrettes, arlequines, clownesses,
polichinel'es, muscadines, —
les danses à 'a mode chu-
chotaient, par-dessus des rires,
le bacchanal.

Et,

dans les couloirs,
on violait toujours, çà et là,
les jolies femmes.

XV

LE TRIANGLE ATTIRANT

Mais, les habits noirs commençaient à s'évader. Cependant, les trente messieurs en papier d'or, au complet, toujours en monome, suivis des femmes, en domino, en toilette de bal, les retardataires en maillot, celles à la page, en peau, rassemblées, en monome aussi, derrière le leur, par l'omnipotence de l'or, faisaient le tour de l'orchestre de Jean Dayel qui jouait la valse populaire du maëstro, — *Chanson d'Avril*, — lorsqu'un des derniers habits noirs, mettant à sa bouche ses mains gantées, cria, du haut de l'escalier, parmi le défilé pittoresque s'en allant :

— Qui veut souper avec un artiste qui s'embête à mort? »

Un carme, affalé au balcon, ankylosé sur la balustrade de pierre, ayant perdu, certes, la raideur des carmes, surgit tout à coup, comme si un ressort le tendait, et clama, pour réponse, dominant la trombe de joie de l'orchestre du glas de sa voix douloureuse :

— Frères, il faut mourir !

De l'autre côté du balcon,
un Stenterelle hurla plus fort
encore, pour vaincre le rappel
sinistre :

— Non! frères, *il faut jouir!*

Dans la pénombre clémente
des couloirs, çà et là dans la
foule, les quolibets vieillards,
des chuchotements obscènes,
des éclats de rire nerveux, des
paroles crues, des caresses
hardies, l'arome exaspéré des
sexes, de la fièvre, de l'ennui, de la torpeur, soudain des
poussées brutales de mufles en
habit noir sur une jeune femme que, bientôt, trente mains
lubriques soulèvent et qui,
jambes éperdues,
se trémousse en l'air, se dé-

bat horizontalement, sur un cercle ivre de charretiers en frac; tous les bras convergent, sont tendus vers un point invisible. Un moment, c'est un pince qu'on ne peut décrire, un stupre fourmillant; puis un cri de terreur et l'éclair rose d'un peu de cuisse nue dans le frisson d'une robe envolée, de dessous qu'on fouille, de linge et de dentelles qu'on déchire pour arriver.

Pierrot blanc et Pierrot noir, écœurés de cette démence grossière, d'un rut presque silencieux, — oh! les titis, les flambards, les chicards, les balochards, les débardeurs et débardeuses de Gavarni, héros spirituels, (dans la légende),

et peut-être aussi muffles
qu'aujourd'hui, héros défunts
des carnavals de jadis ! —
lâchèrent la sauterelle, ne
trouvant sur ses lèvres comme affadies par l'usure (on
y soupçonnait la trace d'une
armée de baisers payants)
l'idéal rêvé pour la nuit — la
nuit fantaisiste où Pierrot et
sa Conscience s'étaient évadés
de la tombe.

XVI

LE MARCHE D'AMOUR

Soudain, devant eux, une jolie silhouette de svelte femme rousse, d'un cuivre ardent, masquée d'un loup noir, mais très décolletée, en une robe tombant droit, des gants noirs très longs, ne laissant voir que le haut troublant des bras nus. Un monsieur en habit noir, fleuri d'un catleya, prosterné aux genoux de la femme, sa..

main gauche tenant son claque
contre terre, semblait lui mur-
murer un cantique d'adora-
tions blagueuses.

Un homme qui a un petit
matelas de billets de mille
francs dans son portefeuille
ne fait pas tant de phrases, et
celui qui compte en donner
quelques-uns à une femme, ne
dépense pas, inutilement, tant
d'esprit, même s'il en a autant
que d'argent-papier. Un mufle
riche, au bal masqué, reste
mufle et supérieur à Chamfort.
La dame rousse et rosse jeta,
l'ayant bien examiné, au poète
à la boutonnière fleurie d'un
catleya sur le revers de soie :

— Oui, le chic, peut-être ;
mais pas le chèque.

Puis, elle prit le bras d'un

monsieur en or-papier, à tête
de veau, qui passait.

Autour, partout, de ci, de
là, les filles se hâtaient, inquiè-
tes de trouver un souper et le
reste. Des sots faisaient semblant de rire. Ici, une bohé-
mienne faisait tintinnabuler
sur ses hanches, en un roule-
ment, lascif et forcené, de
danse du ventre, une ceinture
de faux sequins.

Là, un domino violet, un
évêque de Cythère, *in parti-
bus*, au coin d'un couloir, le
pied sur une banquette, en un
retroussis brusque, comme
pour rattacher une jarretelle
défaite et tirer son bas de soie
sur sa jambe élégante — le
coup classique; les vieux trucs

réussissent toujours, dans la
chasse à l'homme — montre
un peu de nu ; ses prunelles de
chatte amoureuse brillent et
appellent.

Plus loin, ce sont des lan-
gues dardées, des coups d'é-
ventails, des rires, des pro-
messes, des refus qui disent
oui.

Ici encore, dans la pénombre du corridor de l'amphi-
théâtre, des bousculades, les
audaces de mains inconnues
sur les robes, par devant ou
par derrière, dans la cohue, des
cris de dominos récalcitrants,
des silences curieux; plus loin,
l'étourdissement, la basse joie
de la grande salle où grouil-
lent les oripeaux multicolores,
où montent les odeurs humai-

nes; partout, le marché de-
vient plus pressant.

Une frêle blonde, toute me-
nue, déguisée en jockey, irra-
diant la jeunesse, s'avance :

— Voulez-vous un « p'tit
tuyau », monsieur ?

Une gosse de seize ans, mignonne brune à l'âme déjà
pourrie, les yeux d'une vierge
de Greuze et la bouche apri-
line d'une gourmande man-
geuse de bananes, s'adossait
au mur du couloir des premières loges, dans la même attitude que les filles d'Egypte
qui, ayant inscrit, à Alexan-
drie, leur nom et le prix de leur
accueil sur le mur des courtisanes, attendaient un amateur.
Elle s'ennuyait, ouvrant les lèvres dans une moue arrondie à

risquer de décrocher la mâ-
choire de sa gueulette montmartroise.

Pierrot s'écrie :

— La jolie bailleuse !

— Au gré du preneur, ripos-
te-t-elle, arrondissant la bouche gentiment. Le petit frère
trouvera, tout de suite, son ca-
sier.

Pas assez aguichés néan-
moins, fuyant cette fille de joie
si triste, Pierrot et sa Conscience descendirent, — pour
s'en aller.

Au vestiaire, une clownesse
en maillot, ayant revêtu sa
pelisse, l'écartait, et, aguichante, elle disait, presque nue
sur le fond sombre et velu :

— Viens te blottir dans ma fourrure, mon Pierrot chéri. Tu vois. Il y a de la place pour toi.

Les yeux étaient bleus, du bleu pâle et moribond des billets de banque français.

Deux hommes en habit noir, tous deux vers la soixantaine, alertes, causaient.

— Le singe ressemble à l'homme comme un père à son enfant, et nous vivrions cent cinquante ans si nous savions nous servir de cet animal précieux dont le corps est le plus parfait magasin humain de pièces de détail interchangeables. Voronoff lui prend, déjà, pour nous les greffer, ses glandes génitales. Ce n'est

qu'un commencement. Le gé-
nial savant prévoit d'autres
dépouilles.

— Vous songez à durer cent
cinquante ans ? Vous avez
donc le vice de vivre ?

— Oui. Traité par Voro-
noff je retourne à Cythère.

L'autre, qui avait la barbe
en pointe de Méphisto :

— Le chimpanzé coûte trop
cher. Moi, mon vieux, Darti-
gues m'a offert les billes d'un
magnifique chien.

— Quel résultat ?

— Extraordinaire. Avant,
je ne pouvais plus rentrer au
Paradis. Maintenant, je ne
puis plus en sortir.

XVII

L'ORIGINALE
AUX CHEVEUX LONGS

Sans écouter davantage, sans plus rien voir, Pierrot et sa Conscience s'en allèrent. — Au coin de la place et du boulevard des Capucines, où l'anvard des Capucines, où l'annonce du bal masqué de l'Opéra flamboyait encore en lettres de feu, il y avait un rassemblement. Pierrot et sa Conscience aperçurent une

femme svelte, aristocratique
suprêmement. Toute vêtue de
noir, serrée et fine dans sa
robe comme une épée dans son
fourreau, elle avait une toison
de cheveux merveilleuse, couleur de pale-ale, de l'ancien
temps, avant la mode, pour les
femmes, des têtes tondues et
des nuques rasées. Et Pierrot
trouvait très originale cette
femme qui semblait à tout le
monde une extravagante.

Sur cette excentrique, anor-
male chevelure fauve, qui lui
tombait sur le cou en enchevê-
trement buissonnier, un chapeau noir, à larges ailes, sur lequel était abattue une chouette
ensanglantée et trépassée, représentait sans doute la sages-
se de cette femme étrange et

surannée. Du chapeau, tombait sur la figure un voile de dentelles. Mais, au travers des mailles arachnéennes, luisaient deux yeux diaboliques. De tout son être ressortait un charme bizarre, fait d'un mélange de chasteté et de vice, de chair distinguée et de saveur canaille, d'ingénuité virginale et des deux beaux péchés mortels, l'orgueil et la luxure.

Les passants se plaçaient sur deux rangs pour laisser passer l'inconnue voilée, cette femme, dont la fine et longue crinière d'or faisait scandale, cette survivante de jadis, d'avant guerre, qui ne ressemblait pas à une garçonne, n'avait pas coupé ses cheveux et ne fumait pas une cigarette.

La Conscience dit à Pierrot:
— Est-ce qu'elle ne te rap-
pelle pas une actrice illustre
et fantasque de ta jeunesse?
— Oui, je pensais à elle. Dinah Samuel. Une morte.
— Immortelle.

XVIII

L'HOMMAGE
DES HUMBLES

Un chiffonnier d'une qua-
rantaine d'ans, bachelier mal-
chanceux, lâchant l'ouvrage
un instant pour baguenauder
et voir les gens qui tâchent de
s'amuser, métier difficile, l'admirait avec des yeux pleins de
désir et de stupre. Depuis,
longtemps, — deux ans — il
n'avait pu se payer une femme
convenable, car il ne s'avilis-

sait pas, à cause du parchemin
qu'il avait reçu jadis.

Le pauvre diable, caressant
le manche de son crochet ra-
geusement, grommela :

— Et pourtant, moi aussi je
ban...

Elle entendit, seule, le dernier mot, — raide comme le
manche que le chiffonnier lui
montrait — et détourna, une
seconde, la tête vers lui, mé-
prisante et flattée.

XIX

DES YEUX DE VOLUPTE

D'où venait-elle ? On ne l'avait pas vue au bal de l'Opéra. Etait-elle dans une loge ? Pourquoi était-elle seule ? Etait-elle tombée sur le boulevard d'une des étoiles qui, par dessus Paris en rut, scintillaient au ciel par milliers ?

Où allait-elle, si élégante et si fine ? Où allait cette Sveltesse dont les yeux avaient

parfois, sous le voile, la corus-
cation de deux étoiles ?

Les Yeux étaient extraordinaires. Il semblait, tout de
suite, qu'ils donnaient le vertige à qui les fixait, des Yeux
tentateurs, des Yeux de volupté, de tendresse, de men-
songe, des Yeux d'incantatrice
où les prunelles brillaient
comme deux émeraudes. Tantôt, on eût dit qu'ils vous frô-
laient, ces Yeux de magi-
cienne et de démoniaque, avec
un regard dolent, avec un regard câlin de lumière et de
douceur ; tantôt despotiques,
striés d'or, pailletés d'étincelles, ils étaient des jardins infi-
nis, d'étranges fleurs vénéneu-
ses épanouies en leur pureté.

Leurs lueurs attiraient.

XX

UNE FEMME
PAS COMME LES AUTRES

Pierrot blanc s'avança vers elle. Avec un aplomb fou, son bras se courbant autour, la main preneuse, de la souple taille :

— Celle-ci, dit-il, doit être, j'en suis sûr, plus spirituelle que les autres.

L'inconnue, après une subite et instinctive rébellion de son corps, fixa l'audacieux, puis,

ne résistant au bras envelop-
peur que ce qu'il faut pour une
pudeur charmeuse :

— Non, je suis bête.

— Alors causons.

— C'est cela, vous soutien-
drez votre esprit et moi, ma
bêtise.

— Tu es le salon ou le théâtre ?

— Non, je suis la rue.

Alors, avec une affectation
d'infinie politesse, il offrit son
bras : elle accepta. Le fantaisiste se mit à parler d'amour,
car il sentait un fluide le gri-
ser, évadé, s'évadant sans
cesse de la mignonne main
gantée et appuyée, le conqué-
rant tout entier, lui persua-
dant qu'elle réalisait son idéal

féminin. Elle écoutait, répli-
quant toujours à ses enthou-
siasmes par des réponses scep-
tiques et drôles. Pierrot causait en cherchant les mots
dans son cœur, elle dans son
esprit. La Conscience marchait derrière en portant la
traîne de la robe, car, aux heures d'enivrement amoureux, la
Conscience se fait, souvent,
humble et lâche. Toutefois,
elle chuchota doucement à
l'oreille de son ami :

— Prends garde, Pierrot.
Les désirs sont des traîtres,
des judas par où les illusions
regardent : ils nous jouent de
vilains tours.

— Tu m'embêtes. On se dé-
barrasse, toujours, des désirs
en les réalisant.

— Prends garde, quand
même, Pierrot. C'est une de
ces femmes artificielles, exquisement peintes et fardées, dé-
licieusement habillées et cos-
tumées, trop jolies, plus belles,
en apparence, que n'est la
nature...

— Eh bien ?

— Au déballage, rien des-
sous.

Pierrot ne se soucia point
de l'observation de sa Conscience. Il entraîna l'inconnue
en cabinet particulier. Pierrot
fit, pourtant, malgré son en-
voûtement soudain par le coup
de foudre sexuel, dont sa
moelle, son cerveau, tous ses
nerfs tressaillaient, et le nerf
de l'amour, une remarque sau-
grenue, mais raisonnable de-

vant les résistances de sa
maîtresse (puisqu'elle allait
l'être).

— Les femmes sont, bien
souvent, comme les écrevisses.
Elles ne reculent que pour
être mieux mangées.

XXI

UNE BOUCHE
EXCITANTE

Certes, il aurait volontiers
chipé des baisers sur les Yeux
de cette femme qui scintillaient toujours, sous le voile,
avec d'inouïes férocités ou des
douceurs câlines. Au travers
des mailles arachnéennes, ils
luisaient, les deux Yeux diaboliques, aux prunelles pâles
et vertes qui s'allumaient,
flambaient, pour accompagner

des phrases aux vibrations en-
jôleuses ; ils avaient, même au
calme, des lueurs phosphorescentes ; c'étaient des yeux où
semblait que restât le reflet du
feu qui brûla les villes maudi-
tes, Sodome, Gomorrhe, Sébo-
him, Adama, dans un peu de
l'eau morte des lacs asphalti-
tes. En vérité, de cette femme inconnue, Pierrot et sa
Conscience, ne voyaient que
la silhouette élégante, aux
mouvements onduleux, aux
gestes rares et précieux, et,
surtout, ne laissant plus voir
qu'eux, à certaines minutes —
les extraordinaires Yeux ca-
ressants ou mauvais, d'où
fluait le regard mystérieux
des sphinx.

Ils étaient pénétrants et

luxurieux, ils suscitaient le désir, la folie, ils chantaient,
avec de la clarté, les appels
frissonnants ; ils pleuraient
les sanglots où l'on se pâme,
ils rejetaient celui qui implo-
re, aussitôt après l'accueil
éperdu ; ils étaient curieux,
ces Yeux, curieux de voir,
d'aimer, de faire jouir, de faire
souffrir, de faire mourir. — Et
c'étaient des Yeux ingénus
aussi, — où rit l'âme d'une
enfant.

Au bas du voile, la ligne
rouge de lèvres friandes trans-
paraissait; — une bouche de
délice, une fleur de plaisir.

XXII

QUAND ELLE FUT
TOUTE NUE

Le souper était servi. Mais, sans y toucher, tous deux avaient éloigné la table du divan où ils étaient assis, la Conscience en face. A présent, dans un coin, l'inconnue paraissait rêver, indifférente. Tout à coup, elle se levait, et

Pierrot se précipita, pour la retenir, aux pieds de la belle aux
cheveux fauves; il embrassait
ses pieds minuscules. Esti-
mait-elle les amants qui sont
fiers, ou s'offrait-elle? Il lui
murmurait :

— Je baise vos genoux.

Elle répliqua:

— *Excelsior,* mon cher.

Relevé, il la renversa à demi
sur les coussins; mais, redressant son buste et se reprenant
— les mains abandonnées cependant, et la bouche promet-
teuse, elle le fouailla d'un mot
blagueur. A ses genoux de
nouveau, il frôlait de ses
doigts rampants et fiévreux
l'inconnue, prenant sur les bas
de soie noirs les chevilles frê-

les, caressant les jambes gra-
ciles; puis, — comme elle ar-
rêta, d'un éclair des yeux, le
fourragement sous les jupes,
— contournant de leur pretan-
taine, les cuisses tanagréen-
nes, écrasant sa bouche au gi-
ron de la robe, où il s'énervait
à la magie cachée de la femme, redressant la tête, il aper-
çut un sourire troublant de démone aux sept tentations.
Comme il étreignait une croupe ronde, des hanches ambi-
guës, indécises d'adolescente
ou d'éphèbe, comme ses mains
montaient aux seins et s'y cris-
paient, elle dit :

— Qu'allez-vous me donner?

— Tout ce que j'ai est à toi.

Elle était pour lui l'illusion;

cette femme réunissait en elle
pour Pierrot, toutes les perfec-
tions ; plus elle demeurait
mystérieuse, plus elle restait
l'inconnue, plus il l'aimait absolument. Elle, rien qu'Elle.
Sans compter que Pierrot
avait en son âme, ingénue malgré tout, gardé la curiosité des
enfants précoces, des adoles-
cents devant le mystère de la
femme ; encore que la femme
est, naturellement, une divinité, une idole, celle-ci lui paraissait l'idéal poème d'esprit
et de chair, en qui sont assem-
blés tous les prestiges, et dans
les Yeux abaissés sur ses yeux,
il lisait, n'osant y croire encore, l'invitation au voyage ; il
voyait, en une extase, dans ses
prunelles d'or vert, la nébu-

leuse de leurs baisers innombrables. Il disait, le cœur dé-
faillant, la voix étranglée,
mais prenante, ayant cette gri-
serie contagieuse que créent
tous les bons préludeurs d'a-
mour :

— Je te désire, je te veux, je
t'adore.

Un sourire de faunesse mo-
queuse et fuyante, retroussa,
aux coins, la bouche rouge. La
Conscience s'était approchée ;
elle sembla parler à Pierrot :

— Je suis le sentiment, je
peux te suivre. Tu es un mort
qui bande encore l'arc et qui
n'a pas renoncé au vice de
vivre. Toi, tu es la sensualité,
tu dégustes l'existence comme
une gourmandise, tu es la sen-

sation. N'aie pas peur, je suis encore là, te tenant par la main.

A quoi songeait l'inconnue ? Elle susurra :

— Tout ce que tu as est à moi. Me donnes-tu ta force, ton intelligence, ton cerveau, ton cœur ?

— Tout.

— Et ta Conscience ? *La sacrifierais-tu pour moi ?*

Pierrot eut un sursaut. Sa camarade, il fallait la chasser. Non, cela, il ne pouvait pas. Alors, la voix cruelle, elle rompit l'enlacement, et, sous les paupières frangées, les prunelles d'or vert étaient hallucinantes. Il ne voulait pas :

— Mon cerveau, mon cœur,

ma force, tu vas recéler tout
cela. Qu'est-ce que tu en fe-
ras ?

Elle répéta :

— *Je veux tuer, cochon, ta
Conscience.*

Son corps était souple et
gourmand ; ses yeux son-
daient l'homme hésitant; une
volupté promise et désirée
cambrait la poitrine et entr'ou-
vrait les lèvres rouges, — les
lèvres inconnues, — sur la na-
cre éblouissante des dents; la
bouche minuscule et perverse,
qui attendait, tremblait, fris-
sonnait pour des baisers fous,
dans l'oubl' du divan profond;
la bouche sentait bon et fort,
comme une fleur, comme un
œillet pourpre avec son odeur

de poivre. La démone sem-
blit toute nervosité, toute jeunesse, et sa grâce adolescente
et vicieuse avait, pourtant,
l'attirance d'être fripée. Il la
ressaisit, et, voulant boire
dans ses yeux l'eau morte des
lacs maudits, voulant conquérir, sceller, baiser cette bouche
ironique et irritante :

— *Je veux tuer votre Conscience. Y consentez-vous ?*

Il ne pouvait plus résister ;
il chuchota :

— *Oui.*

— Tu n'auras pas de re-
mords ?

— Tu n'auras, toi, plus de
reculs ?

Lentement, avec des prières
d'amour, avec des litanies ma-

nuelles et labiales, il montait
— abolissant toutes les femmes passées en cette inconnue,
rêvant en elle toutes les autres, — à la bouche de la chi-
mère, en une exaltation ; il
montait aux lèvres rouges et
friandes, dont le frémissement
l'appelait ; il montait, ses lèvres frissonnantes aussi, les
yeux grisés d'elle sur les chers
Yeux de princesse lointaine,
prenant, capturant à fond et
possédant d'avance l'impossé-
dée.

— Au moins, jure-moi que
tu m'aimes !

— Je le jure !

Elle se renversa, coquette et
calculatrice : les lèvres de
Pierrot étaient sur ses lèvres,

sans les effleurer, en aspirant le souffle, la saveur ; voilà que les Yeux, sous le magnétisme de l'homme, se troublent, deviennent vagues, — tout à coup couleur d'absinthe.

— Sur quoi le jures-tu ? dit-il encore ?

— Sur ce que tu voudras.

— Alors, sur ce divan. Jure-le, toute nue.

Un sanglot, près d'eux, fit cesser le vertige. Dans un coin de la chambre, la Conscience pleurait.

L'inconnue se leva, éteignit les lampes électriques du lustre, pour n'en laisser qu'une en bougie issant de la table et de la nappe, sous un petit abat-jour, jaune et rouge, com-

me une tulipe; et Pierrot resta
agenouillé, car, — dans la
pénombre, — Dinah Samuel,
ou celle qui lui ressemblait, se
dévêtait lentement.

Elle connaissait bien, sans
doute, son ami Pierrot, la Conscience ; cessant de pleurer,
elle regardait maintenant,
avec une moue de gavrochette,
sachant que, souvent, la pos-
session tue le désir.

L'inconnue se déshabillait.

Et l'Amour attendait, com-
mençant à bander son arc, la
flèche posée sur la corde raide.

D'abord, elle ôta son voile.

Or, sous les dentelles, en
étaient d'autres.

Elle défit sa robe; mais, dessous, apparut une autre robe exactement semblable. Elle ôta ses gants qui en cachaient d'autres ; puis, s'asseyant, elle croisa sa jambe sur l'autre et fit choir de petits souliers de satin noir, sur chacun desquels étaient croisés, en guise de boucles ou de bouffettes, deux osselets (sans doute deux phalanges des doigts d'une main d'enfant). Elle laissait voir jusqu'à la jarretière une de ses jambes grêles, mais cambrée et harmonieuse dans le bas de soie. Et la belle retira ses bas qui en découvrirent de nouveaux, absolument pareils. La mystérieuse se déshabillait sans cesse.

Une vraie femme de carême, aux éclairs de maigreur ; mais,

ensorcelante comme un archet de violoncelle aux mains d'un grand artiste, elle fascinait Pierrot par ses Yeux pervers, par des zigzags de chair qu'elle laissait entrevoir, en demeurant toujours vêtue de la même façon, si elle devenait de plus en plus mince. Les Yeux avaient de fascinatrices lueurs phosphorescentes, et, toujours, Elle gardait son exquisité de lignes. Mais le pluriel de lignes devenait, de plus en plus, singulier.

Pierrot se demandait si son rêve allait être insaisissable comme tout infini bonheur, tomber à plat.

« — Enfin, sole ! » jeta, *mezza voce*, la Conscience.

Cependant, l'Inconnue, pe-

tite faunesse parisienne et ma-
cabrette, laissa choir le dernier
pantalonnet de dentelle,ôta les
derniers bas de soie noirs, les
derniers petits souliers qui
avaient en croix des osselets
microscopiques, écarta, en
laissant choir les derniers
gants noirs, une chemise qui
s'ouvrit, par devant, du haut
en bas, sur sa joliesse sans
nichons.

Quand elle fut toute nue —
les seins étaient du rêve, les
bras étaient du songe, les
jambes, les cuisses, la mousse
brune (où son front voulait
s'abattre à côté, vaincu par le
plaisir, voluptueusement satu-
ré du parfum de cette fleur de
femme si souhaitée, nostalgi-
que, il semblait, à jamais), ses

jambes, ses hanches étaient
immatérielles,ses seins étaient
de rêve, ses bras étaient de
songe, — quand elle fut toute
nue,

il

n'y

avait

plus

rien

XXIII

MI MI, — DO DO, — MÌ MÌ

Et, dehors, les agonies du
bal masqué, bruits de fête,
bouffées de quadrilles exté-
nués et de valses dernières,
rythmes en lambeaux à travers les tulles de la nuit, gémissements suprêmes de violons, de violoncelles ; et dans
le cabinet, des rires fatigués,
dans le cabinet particulier, le
petit local de joie, au divan

cramoisi, à la glace rayée
d'inscriptions, entraient, glissant sous la porte comme dans
leur cercueil, il y a quelques
heures, les blanches, les noires, les rondes, les triples et
les quadruples croches, paillons sonores et langoureux
d'un piano voisin, — do, ré, mi,
fa, — mi, mi, do, do, — mi, mi,
mi, mi, — valse langoureuse
de turlutaines. Demain encore,
les roses roses, les roses blanches, les roses rouges, les gais
lilas, les violettes cachées em-
baumeront l'avril, le printemps soufflera les tièdes, les
enivrantes brises ; d'autres
faunes courront, chanteront,
appelleront. Un tango argentin susurrait, — mi, mi, do, do,
mi, mi, — dans le petit local

de joie si mélancolique maintenant, ses bercements langoureux, énervements sen-
suels, frôlements de genoux,
sa furie brutale, ses caresses,
ses injures grossières, une cris-
pation pénétrante, un limage
érotique et crispé, le retrait
soudain du rut, l'attrait des
regards échangés, reconnais-
sants et complices, une reprise
profonde, le fluor, la volupté,
le plaisir, puis, s'avançant
comme un flot d'infini, le spas-
me final, éclat d'une fleur trouble, — un tango argentin susurrait sa tristesse luxurieuse
et farouche.

Alors, doucement, la Conscience, doucement, vint vers
Pierrot qui était navré, si navré, prêt à pleurer, et qui n'o-

sait lever les yeux sur elle que
— sans pitié — il avait chas-
sée pour plaire à cette femme,
si vite disparue ; et, sœur con-
solatrice, elle lui dit doucement :

— Le désir vaut mieux que
tout. Qu'est-ce que cela fait,
le reste ? Tu n'es point dupe
de cette femme maigre jusqu'au néant, *puisque tu l'as
désirée assez pour me trahir.*

XXIV

TIME IS MONEY

Pierrot et sa Conscience, la tête basse, ayant le souvenir des délicieuses nuits du temps où ils étaient jeunes, se disant qu'ils avaient vu, depuis qu'ils étaient sortis du cercueil, beaucoup de femmes, mais aucune qui eût un amour autre que celui de l'or, même de l'argent (papier), reprirent, à pied, le chemin du cimetière Montmartre.

Beaucoup de chocs aujourd'hui, presque jamais d'étincelles. Pierrot s'était ruiné pour ses maîtresses; mais, du moins, elles étaient folles avec lui qui était fou, et ni l'amoureux ni l'amoureuse n'avaient acheté de la livre sterling, des dollars, ou des valeurs étrangères, ne s'étaient livrés, en Bourse, sur les valeurs à la mode, aux opérations d'arbitrage international.

Les temps sont sérieux.

XXV

PARIS LA NUIT

Pierrot et sa Conscience marchaient dans la nuit, remontant la chaussée d'Antin. Tout à coup, place de la Trinité, levant la tête, ils remarquèrent que les étoiles, — myriadant l'immensité de scintillements de feu, lorsque à minuit, ils étaient sortis de leur tombe, — avaient disparu derrière les nuages, un firmament

blafard, moutonneux et lourd.
Dans une trouée, bientôt refermée, de ce ciel bas dont les
limbes descendaient sur Paris,
la lune apparut, un moment,
ronde et argentée. Pierrot
blanc dit :

— Elle ressemble à une im-
mense meule de moulin.

— En train de moudre de la
neige, achèva Pierrot noir.

Mais Paris, quand même,
Paris qui se reposait, avait
éteint, sauf quelques-unes de
loin en loin, son pullulement
de lumières, les galons d'or
parallèles, droits ou incurvés,
des réverbères, au bord des
trottoirs, sur les boulevards,
dans les rues et avenues, la flo-
raison sur les places de man-
chons à incandescence, cônes

de feu évoquant les corolles en
grappes montantes des mar-
ronniers, ses couronnes d'essence de pétrole dans les vieil-
les lampes des anciennes maisons, les humbles bougies, les
papillons de gaz, les ampoules
électriques, les lampes à arc.
Paris, qui ne vivait plus, à
cette heure, que par une douzaine de cafés et cabarets de
nuit, par de rares masques
épars rentrant chez eux, —
Paris, endormi, Paris, muet,
était effrayant et délicieuse-
ment tendre.

Le silence, partout, et la
paix, au lieu du bruit assour-
dissant des autobus, des taxis,
des charrois, des milliers d'au-
tos, du fourmillement affairé
des passants dont la plupart,

innombrables et vulgaires, en-
laidissent la ville : elle appartient, de deux à quatre heures
du matin, aux bons noctambu-
les attardés, qui peuvent voir,
sur la capitale des luxures,
l'antique cathédrale, Notre-
Dame de Paris, ou l'église du
Sacré-Cœur, — l'une millé-
naire et noble, dans l'île Luté-
cienne, berceau en forme de
navire insubmersible de la Cité
Mondiale ; l'autre, au sommet
de Montmartre, à côté des
ailes du Moulin de la Galette,
en train de moudre du vent, —
se lever, dans le matin, *comme*
deux femmes de pierre, se
dresser, dans l'aube, vers l'Invisible *(Parce, Domine, popu-*
lo tuo), Lui adressant leurs
prières.

La nuit, les gens vilains et
les vilaines gens sont disparus. Pierrot et sa Conscience
admiraient Paris, la nuit, Paris splendide où s'estompent
ses laideurs, où ne circulent
plus des milliers, des milliers,
des milliers de passants aux
aspects pressés, affolés, force-
nés, qui nuisent à la beauté de
la ville comme les branches
empêchent de voir la forêt.

La nuit aimée des poètes,
des rôdeurs, des voleurs, des
amants, — plus d'obligations,
plus de soucis ; c'est, pour la
plupart des humains, un armistice dans la bataille, l'oa-
sis, mystérieuse et féerique,
pour qui sait la regarder, heu-
reuse et fortunée pour qui sait
en jouir, où chacun se sent

plus libre, dit et fait ce qu'il
n'oserait, le jour.

En remontant la rue Blan-
che et la rue Pigalle, Pierrot
et sa Conscience contem-
plaient, dans cette paix de la
Cité prodigieuse, — en se sou-
venant de ciels bleus d'autrefois, d'azurs sublimes aux étoiles si infiniment lointaines,
scintillant dans l'éther sans
bornes, indifférentes, — la
coupole de nuées — dont la
brèche par où, tantôt, la lune
apparaissait comme la meule
du Moulin de la Neige, s'était
refermée, — la coupole de
nuées qui, à cette heure, sur-
plombaient Paris, son immen-
se et profond silence.

— « Vive la Nuit! cria Pierrot ! Je ne regrette pas le

temps où Paris, moyennages-
que et même révolutionnaire,
était éclairé seulement et va-
guement, de ci de là, par des
quinquets fumeux suspendus à
des cordes, par des lanternes
vacillantes ; mais j'espère
qu'Edison n'inventera pas de
formidables réflecteurs artifi-
ciels, globes éblouissants, as-
tres fabriqués par l'Homme et
installés au sommet de cinq ou
six tours de trois cents mètres,
illuminant, *a giorno*, Paris et
tout le département de la Sei-
ne, par l'électricité, le radium,
— comme de plusieurs petits
soleils... Ah ! vive la Nuit !...

XXVI

UN BALLET BLANC

 — « Et vive la Neige ! Pierrot, — répondit la Conscience.

 Des flocons, d'abord espacés, depuis quelques instants voletaient, semblant se rechercher, se fondaient à deux ou trois dans l'air engourdi et crispé. Cette poussière blanche et pure, farine de cristaux impondérables, si légers qu'on s'étonnait de les voir descen-

dre, voletait, en jeux frais,
dans un ballet à la fois printanier et glacé, se posait doucement comme une caresse du
ciel sur la terre.

Quand Pierrot et sa Cons-
cience arrivèrent place Pigalle, la neige, plus dense, plus
drue, qui, en tombant, se ma-
riait au silence, zébrait, préci-
pitamment, la nuit de ses ha-
chures serrées, mais les flo-
ches glacées, au contact noir
et visqueux des pavés de bois,
du macadam sale des trottoirs,
s'évanouissaient encore, tels
des anges purs et minuscules,
des songes blancs et courts.

Les grandes baies d'un cabaret en vogue, l'Abbaye de
Montmartre, jetaient, — dans

le vol soudain, à chaque minute de plus en plus pullulant
et éperdu, de ces pétales de
marguerites d'hiver qui, maintenant, devenaient tourbillon,
— leurs lueurs joyeuses.

— Avant de réintégrer notre
caveau, si on entrait là, dit
Pierrot; nous avons le temps.

La Conscience, opinant de la
tête, ricana:

— Oui, mon grand: l'Eter-
nité.

XXVII

LE TRIANGLE
D'EMERAUDES

Là, c'étaient les derniers échos du carnaval, la liesse après les soupers. Mais, pour aider à la joie des fêtards et des noceuses, un orchestre très brun de tziganes, — aux belles moustaches, (imitation !), culottes noires collantes par derrière, vestes rouges soutachées d'or, — répandait ses musiques

de violons, en accompagnant
les trémoussements de danseuses. Une Sévillane, maigre
et nerveuse, chèvre andalouse,
évoluait, avec des voltes pres-
tes, la croupe lascive, autour
d'un sombrero, jeté sur le tapis
dans un fandango forcené.

Puis, ce fut une Russe, qui
passait pour une ancienne
boyarde, exilée de Péters-
bourg, la capitale de l'empire
moscovite écroulé, de la Ville
des Tsars devenue aujourd'hui
Léningrad, une jeune Russe,
plus légère sans ses châteaux
et leurs terres domaniales, —
plus légère. En costume magnifique, cheveux blonds, les
yeux bleus, sous une sorte de
tiare, regard un peu lointain,
les mains sur les hanches,

elle dansa et plut

dans le brouhaha de plaisir,
non certes, de vigoureuse bom-
bance, mais de noce pâle et fa-
tiguée, grignottage de mets
légers au champagne cher,
sous l'éclat des lumières électriques, devant l'irisation des
verreries fines.

Elle dansait, hiératique,
dans une dalmatique de velours, brodée d'or et d'argent,
qui l'enveloppait des pieds jusqu'au col, ne laissant surgir
d'une fourrure d'ours du Cau-
case que l'aristocratique et joli
visage sous la haute et somp-
tueuse coiffure diadémée. Elle
dansa comme une majesté sou-
veraine; elle dansa, religieuse.
et papale, comme une divinité
descendue du ciel, pour une

heure, dans une boîte de nuit,
à Montmartre.

Puis, à la fin, *elle ouvrit* lentement la magnifique robe de
seigneuresse, d'un violet, d'un
violet sombre orfévré de pier-
reries, qui cachait comme une
gaîne irritante et fastueuse,
son corps souple et désirable.

Elle apparut ainsi, — toute
nue, toute nue, toute nue, —
à ce public de noceuses excel-
lent et pourri comme le caviar
et elle dansa, alors,

toute nue, sauf un cache-
sexe en fausses émeraudes,
mais vert, — et, pour les mâles
irrités, pour les perverses ou
curieuses,

symbole d'espérance.

XXVIII

LE LASSO DE ROSES

Une petite femme, traves-
tie en almée persane, — ses
jambes sveltes dans une jupe
quasi transparente, d'un
extraordinaire ton d'éme-
raude, qui les serrait aux chevilles, ses pieds menus et nus
dans des babouches orange,
— était vêtue seulement, au-
dessus de la ceinture, d'une
guirlande de roses artificiel-

les ; rien que des roses roses.
Elle était avec un grand garçon déguisé, lui, avec le ser-
re-tête noir, le visage enfariné, la souquenille blanche
et le pantalon large du rêveur
à la lune, Pierrot. Il voulait
rentrer chez eux se coucher,
il voulait s'en aller, il en avait
assez de l'orgie à Montmartre, et il s'était levé pour par-
tir. Mais la mignonne almée,
elle, voulait rester, boire et
rire encore : alors, — mais se
levant aussi pour le retenir,
— elle ôta la guirlande qui
habillait un peu de roses son
buste souple, elle apparut
avec ses seins mignons, ses
hanches de gamine, et elle
jeta — comme un lasso, sa
guirlande autour de Pierrot,

grand et fort, l'attirant par la
chaîne de roses, par ses yeux
câlins — et par ses lèvres
souriantes, prometteuses de
tout, vers elle, et vers sa bouche fascinante. Dans les cheveux de la petite séductrice,
une orchidée aux pétales comme des tentacules verdâtres et
mauves, — *stanopea tigrina*, —
avait l'air d'une petite pieuvre
et faisait une fleur de mal et
de stupre de cette gentillesse,
femme presque enfant, dévê-
tue devant tous de sa guirlande de roses, pour conquérir,
abaisser vers elle, son grand
amant : elle triomphait de lui
et de tous les spectateurs, —
même de spectatrices, — avec
deux boutons de roses restés,
ses seins menus et nus.

Pierrot dit à sa Conscience:
— Il a cédé! Je crois me voir
moi-même.

XXIX

L'AMOUR
ET LES AFFAIRES

Quelqu'un, à côté, un monsieur en habit noir, un grand homme (1 mètre 90) :

— Quand je me marierai, devant le maire, *je prendrai une petite femme.*

— Pourquoi ? demande un autre habit noir... Moi, j'aime les belles chairs plein les mains : « Rubens, fleuve de chair, » comme dit Baudelaire.

— Vous avez tort. Entre les maux, *on choisit le moindre.*

A côté de Pierrot et sa Conscience, un gazetier de journal galant et vénal, rôdeur d'établissements de nuit, cherchant sa proie, s'avance, le sourire sous les moustaches en chat, vers deux soupeuses solitaires.

— Je t'ai aperçue, ma chère, hier, très chic, au Bois, dans une auto épatante.

— De quarante mille francs : une quarante chevaux.

— On s'est mis à quatre pour te la donner ?

— Tu l'as dit : je me la suis fait payer quatre fois.

L'amour et les affaires, toujours, sans trêve.

L'amour ?

XXX

LA CHASSE A L'HOMME

A une table, où huit bouteilles de champagne vides dres-
saient leurs goulots dorés, une
poupée gentille, divette de
petit théâtre, s'était levée.
Quand les applaudissements
et les battements de couteaux
et de fourchettes contre les
verres, à des tables un peu folles, se furent enfin arrêtés, elle
jeta ce titre de chanson.

— *Le p'tit cadeau.*

Un Américain, glabre et rouge, un peu saoul, fumant un énorme cigare bagué d'or comme ses dents, fixait la théâtreuse; et les regards, au fond de ses yeux sauvages de marchand de cochons, filtraient les désirs de la brute et de l'ancien cowboy parvenu, qui se cachent dans le fond de bien des gens. L'acteuse (petite actrice avec plus de beauté que de talent), chantait :

Dans la Bible, on raconte
que Booz, vieux qui compte,
par la beauté troublé,
pour Ruth fit des folies,
pour avoir dans le blé
la glaneuse jolie :
quand Booz payait Ruth,
ce vieux était en rut.

Rapprochant ses mains le-

vées, la poupée, qui faisait aller et venir son index gauche
dans sa main droite arrondie,
très gentille, très mignonne,
aguichante, tournée vers l'A-
méricain impassible, auguste,
meugla :

Si tu veux qu'on s'ajuste,
Auguste !
mi, mi ! — mi, mi ! — do, do,
Fais-moi, ton petit cadeau!
Fais-moi, ton petit cadeau!

— « C'est babahissant! » crie
un Arlequin, et la jolie fille
continue :

Cette bonne coutume
a cours sur le bitume
et dans tous les foutoirs ;
il faut que l'homme flanque
aux baisers blonds ou noirs
les gais billets de banque.
Quand on lui fait présent,
le cœur répond : « Présent ! »

Toutes les femmes, dans ce

restaurant de nuit, reprenaient
le refrain en chœur, sans toutefois être trop bruyantes ; les
hommes choquaient les verres
et les couteaux ou frappaient
sur la table ; l'Arlequin, ivre,
monta sur une chaise et, titu-
bant, battit la mesure.

La poupée aguichante, excitée par ce succès :

Une fille pas bête
épouse bonne tête
avec beaucoup d'argent.
Il l'sait Robert Notaire,
en mariant les gens :
l'amour est une affaire.
Il est, deux fois, un don
dans la faridondon.

En terminant, nouveau ta-
page, en hurlant le refrain :

Si tu veux qu'on s'ajuste,
Auguste !
mi, mi ! — mi, mi ! — do, do,
Fais-moi ton p'tit cadeau !
Fais-moi ton p'tit cadeau !

C'était comme le cri de

guerre de toutes ces femmes de joie.

Là-bas, une femme, à la minceur gaînée dans une robe de velours bleu foncé, les cheveux jaunes sous un mutin chapeau noir, une habituée, sans doute, de l'Abbaye, un plat du soir, — debout contre la table de service où un maître-d'hôtel gras, au large dos, était en train de préparer un sandwich au caviar, — espérait une invitation à souper, à tout ce qu'on voudra. Jolie quand même en sa lassitude un peu fanée, la bouche fine, aux lèvres qu'elle avivait, en passant érotiquement sur elles un bâtonnet de rouge, elle attendait sa proie comme un vampire.

L'amour et les affaires,
encore, — et toujours.

Pierrot s'en va, et sa Conscience le suit.

Comme ils passaient devant elle :

« — Je voudrais de l'homme ! »

leur crie la femme aux aguets, araignée ou vampire.

XXXI

EFFETS DE NEIGE

Dehors, tombaient, tourbil-
lonnaient sans cesse, en batailles de blancheurs, lentement, croulaient mollement,
les petites silencieuses plumes
blanches dans l'aube blême.
Le poudroiement, douillet,
moelleux, de neige purifiante,
douce et fine, — qui s'étend
partout, sur Paris, en nappes
toutes neuves, — ouate les

branches du boulevard exté-
rieur, accentue le dessin noir
de ses arbres, par dessus, d'un
serti blanc, large comme un
bourrelet, recouvre les toits
d'un innombrable duvet virgi-
nal, dentelle les corniches,
met aux balcons des franges
éclatantes et candides, charge
de ses cristaux en touffes et
festons magiques, les entable-
ments des portes, supprime,
dans sa féerie, les bandes de
ciel terne et plombé entre les
maisons, — et, avec ses con-
fetti blancs, encapuchonne
deux gardiens de la paix qui
font les cent pas, parmi tout
ce prestige immobile, sur la
place Pigalle, deux jeunes
flics, sergents de ville noirs
dans la neige montmartroise.

La Conscience à Pierrot :

— Tu te rappelles quand tu étais enfant ? On se battait avec les camarades, d'autres petits pierrots, à coups de boules de neige ?

— Oui, on se bousculait, on se roulait dans cette farine merveilleuse qui ne souille pas celui qui s'y vautre.

La Conscience reprit :

— Oh ! regarde, Pierrot, à la porte du restaurant de nuit, cette fillette ; vois comme elle est blonde et jolie ! Et douze ans, au plus !... La pauvre gosse !...

XXXII

LA PETITE
MARCHANDE DE ROSES

Elle avait un bouquet entre
ses doigts tremblants, — quelques roses d'hiver en un peu de
verdure; — la petite riait, debout dans la froidure, — de
voir s'éparpiller en l'air les
flocons blancs.

Sur elle et sa misère, ils descendaient très lents — et té-

nus. La pauvrette admirait la bordure — que l'hiver dentellait à sa robe de bure.

Tandis que deux sergots s'approchent, vigilants, — un fêtard, ivre, fout cent francs à la gamine, — pour payer une rose et dit :
— Je t'examine. — Tu seras, dans six ans, très chic. Je t'entrevois.

Autour d'eux, les flocons faisaient leur blanc manège ; — et joyeuse, l'enfant grelottait, l'air grivois, — avec le gai frisson de l'amusante neige.

14

Vingt ans, cent francs : le
regard du viveur mûrissait,
ainsi que son cadeau, la petite
marchande de roses.

XXXIII

LES FLEURS
QU'ON NE
CONNAITRA PAS

Cependant, Pierrot, rêveur,
contemplait deux anges qui,
— dans la neige en train de
\.revolter -et tomber sur la
cathédrale de Montmartre et
vers les ailes du moulin de la
Galette, — agitant, chacun,
avec de grands gestes harmo-
nieux, une faucille d'argent,
coupaient des flocons pour en

faire des lys, afin de rempla-
cer les lys souillés, des petites
filles de Paris qui, chaque jour,
s'évadent de la maison de
leurs parents, partent à qua-
torze, quinze, seize ans, pour
la bataille de l'amour et de
l'argent, pour la consomma-
tion de Paris et de ses visi-
teurs mondiaux.

Et tous les jazz-band des
boîtes de nuit de Montmartre,
à travers leurs discordantes
musiques de gâtisme et para-
lysie générale chantaient,
hurlaient :

Connais-tu le pays où fleurit l'étranger?

XXXIV

MIEUX VAUT
JOUIR DE L'HEURE

Pierrot mâchonnait des mots inintelligibles, mais sa Conscience les comprenait.

— Ah! Paris est malpropre, malgré toute cette neige qui se perche et s'étale sur Montmartre, emmitoufle la ville. Cette neige, si jolie maintenant, bientôt, sera de la fange où piétineront, vers leurs buts, les imbéciles et les arrivistes...

Oh! là-bas, sur les montagnes, sur des sommets lointains, Alpes, Pyrénées, il y a des glaciers sur les cimes, et, sur les pentes, des forêts de sapins toujours verts, engourdis sous la neige et le ciel bleu, des pâturages recouverts d'édredons blancs ensoleillés; et les montagnes dorment, dans le silence infini de l'hiver, attendant le printemps, le dégel, le bruit de l'eau qui court et dévale, parmi les gazons neufs et les premières graminées... Ici, tout à l'heure, cette neige sera de la fange, et, sur Paris, pèsera le brouillard,... de la vapeur de boue.

XXXV

PAS S'EN FAIRE

Pierrot s'interrompit, entendant les propos d'un Polichinelle et d'un Saltabadil, mina-
bles figurants, payés, sans doute, de quelque bal masqué, qui
regagnaient à pied leur logis,
et qui s'étaient arrêtés, place
Blanche, contre le parapet de
l'entrée du métro, pour pisser
dans la neige, creusée de deux

troue par leurs cascatelles chaudes et dorées.

— Crois-tu, mon vieux, que le ministère Briand va durer? interrogeait Polichinelle.

— Oui, répondait Saltabadil. Ah! s'il avait le sentiment et le goût de l'autorité! Pour sauver la France, il faut un maître, un dictateur.

— Mussolini, quoi! fit le premier, tout en donnant à sa fontaine intermittente, avant de la rentrer, la petite secouette finale.

Polichinelle avait mis un faux nez crochu, mais il avait, avec sa barbe, sa bouche sensuelle et ses yeux de philosophe de l'arrière, une ressemblance avec Socrate et Ver-

laine. Il dit à son copain, le
Saltabadil qui, l'air un brin
hurluberlu, regardait curieu-
sement la chûte des flocons de
neige et les ailes du Moulin
Rouge en don Quichotte, à
postérieur de Sancho Pança,
comme s'il allait les pour-
fendre :

— Tout en vidant mon
corps, j'emplissais mon esprit.
Ecoute le poème éclos en ma
cervelle. Au vin qu'on but tous
deux, c'est toujours çà de pris.
Tu peux, pendant ce temps,
tourner la manivelle.

PAS S'EN FAIRE

La rose éclot toujours à côté
de l'épine, — et les nids en

querelle attirent le faucon. —
La mort veut Juliette, et,
l'échelle au balcon, — Roméo
veut l'amour. Un vieux cyprès
opine.

Satan marche en vitesse, et
le bon Dieu clopine, — mêlant
le bien, le mal, dans le même
flacon. — Mai nous promet
des fleurs : il ment comme un
Gascon, — et la grêle, au
printemps, effeuille l'aubépine.

Tout est guerre et men-
songe, ennuis, vices, rapine.
— Par les mufles un as, César,
Chaliapine, Napoléon, Briand,
tôt ou tard, est vaincu.

Allons, ayant pissé, remet-
tre une chopine. — Sourions

au Destin, bien qu'il nous tur-
lupine, et qu'on cesse de vivre
avant d'avoir vécu.

Le second pochard, Salta-
badil, hoqueta :

— Ce que tu dis, mon vieux,
m'a tout l'air d'un sonnet. La
neige te réchauffe et fait vi-
brer ta lyre.

— J'ai pondu ce sonnet, en
ayant un faux nez. Pour en
saisir le sens, de même il faut
le lire.

XXXVI

LA MALADIE
D'ETRE AILLEURS
ET DE VOULOIR
CE QU'ON N'A PAS

— « Ils sont saouls ! » dit Pierrot, haussant les épaules. Il allait reprendre sa complainte, mais sa Conscience lui renfonça les mots dans le cœur :

— Voilà longtemps que tu me dis tout ce qui te passe par la tête et que, moi, j'écoute ta

salade gelée... J'en ai l'habitude... Certes, la fête n'est pas
gaie... Il fait sale, vilain, sui-
cide... Mort déjà, tu as voulu
revivre, et, à peine ressuscité,
tu rêves de te recoucher : ah!
tu as une façon pas drôle
de rêvasser dans les crê-
pes du carnaval... A Paris,
dans ce décor superbe de
la nuit et de la neige, tu
songes aux blancheurs longtemps immaculées des monts,
ou bien, peut-être, à quelque
nuit de carnaval, à Florence,
et tu te vois déguisé en Arlequin, pour t'évader de toi-mê-
me encore plus, dans un parc,
chantant une-sérénade à une
jeune marquise poudrée, en
robe à paniers... Tu souhaites
toujours être ailleurs... et, si

nous étions dans quelque au-
berge perdue de Suisse ou de
Savoie, tu rêverais du cabaret
que nous quittons et de son
bruit galant, comme d'un paradis... Mon cher Pierrot, tu
es poète, c'est-à-dire un peu
fou et tu ne sais pas ce que tu
veux... Pour être plus gai, re-
mets-toi de la poudre de ris.
(celle des jeux et des ris).

Comme Pierrot ne répon-
dait pas, absorbé par sa peine,
elle reprit:

— Cette nuit, une femme
dont la sveltesse te troublait,
fut le néant, au déballage.
Alors, il n'y a plus rien dans le
monde ?... Une mignonne almée, gavrochette, tout à
l'heure, domptait, devant tous,
un grand gars, en Pierrot

comme toi, aussi pierrot que
toi ; il t'a paru ton frère, le
symbole de ta faiblesse devant
tes petites amies innombrables. Pourtant, les roses, tantôt, qui l'enserraient et l'attiraient, étaient sans épines...

— ! ? !

— Parce que tu réfléchis, au
lieu de rire simplement, tu
fais du pessimisme, tu crois
que c'est fini, qu'on ne s'amuse
plus. On s'amuse, pourtant, à
Paris et même à Moscou,
comme à Athènes et à Rome,
il y a deux ou trois mille ans ;
et la gentille gamine qui, dans
la neige, vendait ses roses roses, à la porte d'un cabaret de
nuit, peut-être, dans dix ans
partira de l'Opéra, en aéro-
plane, avec un de ses amis,

multimillionnaire, et fera,...
dans quelque abbaye nocturne,
pareille à celle-ci, la même
peut-être,... une entrée à sen-
sation, avec un manteau de zi-
beline ou de renard bleu de
cinquante mille francs, un col-
lier de perles de princesse hin-
doue sur une robe de fée, une
fortune en bagues à ses
doigts... C'est la vie, Pierrot,
et nous n'y serons plus... Tu
n'auras pas cette gosse, si jolie et si blonde dans la neige,
et tant d'autres qui ne gran-
dissent pas pour toi, Pierrot
don Juan, et dont les deux
mille femmes sont des ombres
futiles, depuis longtemps effa-
cées. Car tous les petits re-
grets que tu as d'elles ne font
pas un désespoir.

— !!!

— Tu mimes? Tu remimes?
Tu rumines ? Quoi, Pierrot ?
Tu broies du noir, et, pourtant,
ce n'est pas le blanc qui te
manque... Il neige!... Il neige !... Après la neige, mai
viendra, d'autres avrils, en
1936, 1946, 1999, éternelle-
ment, ou presque, renaîtront,
avec la neige odorante des arbres en fleur, des muguets, des
jacinthes, d'autres lilas. La
brise tiède ranimera les mous-
ses, l'herbe; le renouveau par-
fumera des violettes pareilles
aux violettes des siècles défunts, donnera, chaque printemps, à des fleurs et à des
femmes que tu ne connaîtras
pas, des roses neuves...

Pierrot, les yeux vagues, blafard et grelottant, comme habillé de neige, écoutait en pressant le pas, le chantonnement et le ronronnement de sa petite camarade noire, la Conscience.

XXXVII

DU REVE A LA REALITE

Les voici, avenue Rachel, à
la porte du cimetière Montmartre. Ils étaient chez eux,
« at home ». Dans la clarté
froide et livide du matin, les
flocons avaient cessé de choir;
mais, à présent, les deux
complices, Pierrot et sa Conscience, commençaient — dis-
cernant, à son impression sur
les joues et les mains, la diffé-

rence du jour, qui est d'une
soie différente que celle de la
nuit, — à percevoir les pre-
miers bruits vagues, envelop-
pés, amortis, de Paris qui
s'éveille sous la neige.

Le parc des morts est
comme recouvert d'un im-
mense suaire de velours li-
lial ; les croix, pareilles à des
bras implorants de morts
qu'on oublie, et les monuments funéraires trouent le
blanc linceul : la terre est plus
chaude sous ces courtines, il
doit y faire bon.

L'enfariné jeta un dernier
coup d'œil sur les toits et les
tuyaux innombrables des che-
minées de Paris, sur les petites tombes plus désolées dans
l'aube grelotante, et sur les ri-

ches mausolées. Enfin, tous deux, un peu las, entrèrent dans le caveau portant au fronton:

Famille Pierrot

XXXVIII

TOUJOURS
LA MEME CHOSE

Dans l'air tiède du cercueil, il faisait plus doux que dans le matin glacé. La neige molle, sur le cimetière, étendait son édredon.

Et la Conscience, noire et charmante, dit à l'ingénu coureur de rêves, tandis qu'ils s'allongeaient pour toujours, fatigués de cette nuit folle, — où ils avaient, peut-être, revécu et rassemblé, dans une synthèse de l'art du plaisir, à une époque déterminée, fin d'un très grand siècle et commencement d'un autre, cinquante carnavals parisiens, et plus, de 1878 à 1926, — leur souvenir comprimé en un seul, devenu le symbole d'une kyrielle de bals de l'Opéra, — tandis qu'ils s'allongeaient, ayant bien mal aux cheveux et la bouche de bois, las de cette nuit blanche, mais heureux dans la paix éternelle, sous leur drap mortuaire, côte à côte :

— La mort n'est pas lugubre ; c'est le repos, en attendant le néant. Tu n'as trouvé, Pierrot, qu'une femme réali-

sant ton idéal, et, quand tu as
pu l'atteindre, Elle ne L'était
plus. Nous aurions mieux fait,
compagnon, de ne pas vouloir
l'impossible, et, comptant parmi les morts, de rester « chez
nous ».

— Pierrot, voici le jour, pour
les vivants, bavard, et, pour
nous, l'éternelle nuit ! Sur la
terre, les sexes et l'intérêt, le
vol, la guerre et la prostitution
gouvernent toujours le monde.
L'homme est un loup pour
l'homme, et un filou.

— Oui, Conscience. Ma
vieille, il faut dormir.

Et, alors ?

MORALE DE L'HISTOIRE

Fini de rire, ou de sourire, pour le lecteur — et, surtout, pour Pierrot qui réintègre, dans son caveau de famille, au cimetière Montmartre, une boîte de nuit définitive : son cercueil.

Mais que signifie cette histoire de Pierrot qui ressuscite allègrement et va circuler, en chair et en noce, parmi la folie

*carnavalesque d'une nuit de
mi-carême ? Est-ce arrivé ?
demande un esprit exact et
positif, M. Raymond Poincaré,
qui connut Pierrot, vers leur
vingtième année.*

Peut-être.

*C'est le droit et le devoir
d'un poète d'user et d'abuser
— sans ennui, bien entendu —
de la fiction. Pierrot n'est pas
un homme, mais une idée par-
lante, ou plutôt mimante,
puisque, en réalité, ce n'est
qu'un illustre muet.*

*Que signifie ce conte, en
vérité,* Nuit de Fête *? En tout
cas, il est plus chic, j'espère,
que les pensées vagissantes de
M. Claudel, ambassadeur de
France au Japon (il ferait
mieux de s'en tenir, honnête-*

ment, à son métier représentatif) et que tant d'autres élucubrations cocasses — et juvéniles,

jusqu'à être puériles.

Pierrot est la personnification blanche, visage enfariné, de cet être noir, égoïste, hypocrite et sensuel, MOI, qui se cache en chacun de nous. Pierrot, c'est l'homme resté enfant, cœur féroce et ingénu, dont les extériorisations perpétuelles sont la mécanique de la vie. Pierrot, c'est le désir fougueux et charmant, irréfléchi, aux larmes vite taries, aux rires immodérés. Voilà pourquoi, monsieur, la Conscience est un mythe et voilà pourquoi Pierrot, ce fantoche est muet ; voilà pourquoi, madame, je l'ai

pris pour Virgile et pour guide,
dans un enfer vingtième siècle
délicieux, à travers la grande
décomposition humaine, pour-
riture d'où surgira sûrement,
un nouveau règne, en un paci-
fique et meilleur ordre de
choses. Depuis la grande
guerre — grande, parce qu'elle
a duré cinq ans, — l'Europe
sent la charogne.

Et, maintenant, Pierrot est
couché dans la tombe, avec sa
Conscience. Oh! bien légère,
cette conscience de Pierrot!
Elle acceptait toutes les incar-
tades de son gourmand et li-
bertin; elle tentait peu d'ef-
forts pour le retenir dans ses
appétits. C'est que cette conscience était une inconsciente, à

l'image de Pierrot. Va-t-il dormir, maintenant, pour l'éter-
nité, dans le nirvâna ? Ce personnage falot est immortel ; il
appartient à tous. Si quelque
Banville nouveau, un Champsaur, un Willette veut, plus
tard, se servir encore de ce
type, habillé de rayons de lune,
au masque poudré, il saura du
moins où aller le chercher.

Mais
notre Pierrot à nous, quoi-
que resté jouisseur et, partant,
profond égoïste, n'a pu vivre
notre vie actuelle, trépidante
et dégringolante, à tous les
changes, sans se frotter quelque peu à une sorte de philo-
sophie, seule faite pour un
—Pierrot, — mais, quand même,

ayant une sorte de raisonne-
ment, pelote de fil, toute nouvelle pour cet insouciant gé-
nial, fantoche délicieux qui
subit les événements, sans les
discuter et les approfondir.

Pierrot, devenu par l'in-
fluence du cimetière Montmartre et de la vie parisienne
qui, grâce au pont Caulain-
court, trépide et continue à
passer par dessus — Pierrot,
plus blême encore, devenu un
brin penseur, déserte avec lui-
même les conséquences de sa
condition « de cujus ». Le
Blême sentait confusément
qu'il n'était plus si Pierrot
qu'il en avait l'air : par sa
mort et son immortalité,
d'hurluberlu fantômal de co-
médie conventionnelle, qu'il

avait été jusqu'alors, il devenait, davantage, partie de
l'humanité.

Le drôle, en conséquence de
ce fait, n'était plus un mythe
lunaire,

   mais un personnage réel.

Et Pierrot, qui sent sourdre
et s'agiter dans sa carcasse, le
ver triomphateur, se met à
sonder — tel un savant imbécile, incapable d'idées généra-
les, encore moins excentri-
ques, et breveté en Sorbonne,
— le grand mystère de la vie
et de la mort. Il monologue:

   — Voyons, ne nous effra-
yons pas et envisageons froi-
dement la situation. Ce ne
sont plus les agitations de la

vie qui m'empêcheront de mé-
diter, — et j'ai tout le temps
de divaguer.

Quel est donc ce fluide,
MOI, qui persiste ? C'est une
analyse assez difficile, à laquelle je suis mal préparé. Vivant, j'avais des sens qui diri-
geaient mon existence. Ici, je
n'en ai plus : c'est drôle, être,
et n'être rien.

Je regrette mon manque
d'instruction, de lectures de
Maeterlinck sur la mort, car,
par induction, j'aurai, peut-
être, trouvé d'ingénieuses images et comparaisons. Tout de
même, je ne suis pas une rosse
défunte. A défaut de mes pro-
pres connaissances et de ma
propre imagination, je puis,
comme bien des gens de let-

tres, pillards et plagiaires, uti-
liser celles des autres.

Et voici que me reviennent à
la mémoire les théories fan-
tasques d'un ami, Charles
Cros (un génie français qui a
fait, avant Edison, toutes les
découvertes de ce génie américain; mais Charles Cros, lui,
un rêveur comme moi, ne les
a pas réalisées). Maintenant
que je suis retiré de l'amour
dans la mort, ma pensée, dans
ses zigzags à travers l'incon-
naissable ou le néant, prend
une extension qui m'étonne.
Voyons, c'était au cabaret :
le Chat Noir. Nous étions un
peu saouls.

« — Après la mort, — disait
le camarade, — notre âme
étant impondérable et impal-

pable comme l'électricité et le magnétisme, n'ayant, par conséquent, plus de pesanteur, n'obéit plus à la loi d'attraction et demeure à ce même point de l'Univers où elle se trouvait au moment de la mort.

D'ailleurs, la mort est un mot fictif. Rien ne meurt. Tout se transforme, non seulement sur notre Terre, mais dans tout l'Univers... Donc, notre âme reste à un point fixe de l'infini, et la planète qu'elle habitait fuit, dans sa course formidable autour du Soleil, qui lui-même s'enfonce, avec une vitesse astronomique, vers un but inconnu. C'est déjà suffisamment ahurissant pour deux êtres qui, comme nous,

raisonnons, au Chat Noir, devant une absinthe...

Mais, vois-tu, Pierrot, cette
pauvre âme, soudain isolée,
dans l'espace incommensu-
rable, qui n'a ni haut, ni bas,
ni centre, ni limite? Une terreur brutale, vertigineuse, la
précipite vers la Terre, dont
elle vient d'être séparée, hors
de laquelle il lui semble qu'il
n'y a pas de salut...

Moi, Charles Cros, qui suis
préparé, à force de ressas-
ser des utopies et des hypothè-
ses, je résisterai, peut-être, et
garderai assez de calme et ma
volonté. Je me dirigerai vers
une des constellations qui
peuplent le Cosmos et j'y
poursuivrai, mon vieux, la
grande aventure.

Mais, toi, Pierrot, qui n'as manié ton intellect que pour la jouissance et la satisfaction de tes sens, tu auras peur et tu retourneras, dare dare, à Montmartre, afin de te réincarner de nouveau. Et, comme tu n'as pas su élever ton âme au-dessus du niveau de la brute, tu ne seras bon qu'à animer le cerveau d'un lapin agile ou d'un âne rouge. »

Cros vida son verre et resta longtemps silencieux, puis, las de cette métaphysique, il cria au serveur, en défroque de membre de l'Institut :

— Garçon, une autre absinthe !... au sucre !...

Et Maurice Donnay, qui devait, plus tard, à donner envie d'être académicien, porter cet

*habit vert, nous regardait en
élargissant le sourire de sa
bouche mexicaine sur ses
dents blanches.*

Alors, conclusion du conte ?

*Eh bien, puisque la vie est
un passage infinitésimal, entre deux néants, de marion-
nettes qui font deux ou trois
petits tours et s'en vont pour
toujours, — il faut, amoureux
du réel, sans souci des chimè-
res, les hardis, les vivants,
cueillir et respirer, si longtemps qu'on le peut, les roses
éphémères.*

FIN

TABLE DES MATIÈRES

ACHEVÉ D'IMPRIMER
LE 20 MAI 19.26
SUR LES PRESSES DES
ARTISANS IMPRIMEURS
23, RUE DE LA MARE
A PARIS (XX°)

CÉLÉBRITÉS D'HIER

MISTRAL, par F. J. Desthieux 4.50
TAINE, par F. J. Desthieux 4.50
MIRBEAU, par Maxime Revon 5.25
ROSTAND, par Keller-Lautier . . . . . . 6. »
VERHAEREN, par Albert de Bersaucourt . . 5.25
HUYSMANS, par André Thérive 5.50
SAMAIN, par Albert de Bersaucourt 4.50
VERLAINE, par Henri Strentz 5.25
BAUDELAIRE, par Gustave Kahn 5.50
Rémy de GOURMONT, par Legrand-Chabrier. 4.50

CÉLÉBRITÉS ÉTRANGÈRES

Gabriele d'ANNUNZIO, par P. Courthion . . 4.50
EINSTEIN, par F. J. Desthieux 4.50

Chaque étude constitue un élégant ouvrage, comprenant un portrait et un autographe de l'auteur commenté, une biographie, une étude critique, une bibliographie complète, le tout formant un véritable document mis à la portée de tous à un prix extrêmement modique.

HORS SÉRIE

Laurent TAILHADE

Des tragédies d'Eschyle au pessimisme de Tolstoï

Essais Inédits

Un volume sur vergé 8.25